KB123799

로크미디어가
유혹하는
재미있는 세상

ROK
MEDIA
로크미디어

# 이것이 법이다

# 이것이 법이다 147

2022년 11월 4일 초판 1쇄 인쇄
2022년 11월 9일 초판 1쇄 발행

**지은이** 자카예프
**발행인** 김정수 강준규

**기획** 이기헌 왕소현 박경무 강민구 조익현
**책임편집** 최전경
**마케팅지원** 이원선

**발행처** (주)로크미디어
**출판등록** 2003년 3월 24일
**주소** 서울시 마포구 마포대로 45 일진빌딩 6층
Tel (02)3273-5135 Fax (02)3273-5134
**홈페이지** rokmedia.com  E-mail rokmedia@empas.com

ⓒ 자카예프, 2015

값 9,000원

ISBN 979-11-354-7361-6 (147권)
ISBN 979-11-255-9575-5 04810 (세트)

# 이것이 법이다

**147**

자카예프 장편소설

ROK
MEDIA
로크미디어

# CONTENTS

썩은 동아줄

코델이 전 세계로 퍼지는 것은 말 그대로 한순간이었다.

중국 정부에서는 철저하게 자신들의 과오를 덮으려고 했지만 이게 덮는다고 해서 덮어질 상황이 아니었다.

순식간에 퍼진 코델은 전 세계를 말 그대로 패닉으로 몰아넣고 있었다.

"이 와중에 왜 팬데믹 선언을 안 하는 건지 모르겠습니다."

로버트는 심각한 얼굴로 말했다.

전 세계에서 확진자가 나오고 있는 상황이다. 그런데 WHO는 여전히 질병은 통제 중이다, 근시일 내에 사라질 것이라는 뻔한 말만 하면서 아예 방역 자체를 도와주지 않고 있다.

"돈 때문입니다."

"돈?"

"네, WHO에는 막대한 중국 자금이 들어가거든요."

노형진은 로버트의 의문에 어깨를 으쓱하며 답해 주었다.

"그래 봤자 미국에 비하면 새 발의 피 아닙니까?"

실제로 전 세계의 대다수 국제단체는 미국이 먹여 살린다고 봐도 무방하다.

"그런데 왜 중국 눈치를 봅니까?"

"그래서 눈치를 보는 겁니다."

"네?"

"미국이나 다른 나라에서 주는 돈은 공식적인 거고, 중국에서 주는 돈은 비공식적인 거고."

"비공식? 아…… 그런 의미였습니까?"

비공식, 즉 뇌물로써 제공되는 돈이다 보니 WHO의 수장과 윗선들은 오로지 중국만을 찬양할 뿐이다.

"아마 얼마 후면 전 세계는 중국에 감사해야 한다고 할 겁니다."

"아무리 그래도 설마 그러겠습니까?"

'설마가 사람 많이 잡지.'

실제로 그런 발표를 한다.

중국의 빠른 조치로 인해 전 세계가 코델의 위험에서 벗어났다면서 말이다.

하루에 전 세계에서 수만 명이 죽어 나가는 판국에 WHO에서 한 말이었다.

"지금 대부분의 시스템은 그게 문제죠."

돈으로 모든 게 움직인다. 심지어 올림픽이나 월드컵까지.

공정과 질서는 사라진 지 오래고 수장들은 자기들의 이익을 위해 국제적인 질서를 파괴하고 다닌다.

"일단 중요한 건, WHO는 이번 일을 해결할 의사도 없고 능력도 안 된다는 겁니다. 애초에 현재 WHO는 보건 기구로서 제대로 작동하고 있지도 않고요."

보건이라는 건 질병을 대상으로 하는 업무다.

그런데 WHO는 황당한 주장을 하고 있다.

"가령 게임 중독을 질병화 선언을 한다든가 아니면 친구가 마흔여덟 명 이하면 원숭이 같은 거라든가. 아, 그 말도 있네요. 섹스 파트너가 없으면 장애인으로 분류한다고 하던데."

"아니, 도대체 왜 그러는 겁니까? 전 세계에 질병이 한두 개가 아닌데."

당장 코델만 문제가 아니다.

동남아와 아프리카는 에이즈와 말라리아로 고통받고 있다.

돼지 열병의 경우는 인간이 죽는 건 아니지만 어마어마한 돼지가 죽어 나가면서 식량 문제까지 대두되고 있는 상황이다.

노형진은 로버트의 말에 쓰게 웃었다.

'사람들은 게임의 질병화 결정이 중국의 지령으로 벌어진

일이라는 걸 모르지.'

실제로 게임의 질병화를 가장 먼저 주장한 것은 중국이다.

그리고 WHO는 그걸 그대로 받아들였다.

그들이 그 질병화의 증거로 내놓은 논문 역시 중국에서 제작된 것들이었다.

상식적으로 답은 정해 두고 결과를 뽑아내는 그런 공산주의적인 논문들이 제대로 된 논문이 아니라는 것쯤은 어렵지 않게 알 수 있음에도 불구하고 WHO는 중국의 지령대로 차근차근 세계를 좀먹고 있다.

거기에도 이유는 있었다.

"뭐, 권력 문제죠."

"권력 문제?"

"한국에는 이런 패턴을 보여 주는 정부 기관이 하나 더 있습니다. 여성가족부라고."

"그들이 왜요?"

"자신들의 권력을 확장시키기 위해 별의별 걸 다 자기 업무라고 주장합니다."

그래야 더 많은 예산과 더 많은 권력을 가지고 올 수 있으니까.

물론 그렇게 가지고 간 돈을 제대로 써 준다면야 누가 뭐라고 하겠는가?

하지만 현재 여성가족부의 가장 큰 문제는, 그렇게 받아

간 예산을 모조리 여성만을 위해 쓰고 있다는 거다.

대표적인 예가 바로 학교 폭력 관련 사항이다.

여성가족부는 학교 폭력 관련 사항이 가족의 영역에 들어간다고 해당 권리를 주장하면서 그 관련 예산을 배정받았지만, 그들은 학교 폭력을 해결하기 위한 어떠한 정책도 내놓지 않았다.

심지어 수십 년간 제대로 된 감사를 받아 본 적도 없다.

"현재 WHO가 딱 그런 거죠. 돈은 더 받고 싶은데 질병만으로는 아무래도 한계가 있으니까."

그러니까 죄다 가져다 붙이고 그 관련 예산을 달라고 징징거리는 거다.

"제가 말한 각자도생하는 시기라는 건 단순히 국가별 이야기가 아닙니다."

이제 코넬을 기점으로 국제기관들의 무용론이 대두될 것이다.

"끄응……."

로버트는 씁쓸한 표정이 되었다.

"미국에 있는 가족들이 걱정이군요."

"아직 국제선이 봉쇄되지 않았으니 가능하면 한국으로 모시고 오는 걸 추천합니다."

미국에서도 슬슬 확진자가 나오는 상황.

처음에 로버트는 한국이 중국 바로 옆이라 더 불안해했지만 의료 시설과 기본 시스템을 보고 한국이 미국보다 훨씬 더 안전하다고 믿기 시작했다.

"이야기는 해 보겠습니다만 오려고 하실지……."

고개를 절레절레 흔든 로버트는 심호흡하고 다시 일에 집중하기 위해서 서류를 향해 시선을 돌렸다.

그러다 궁금하다는 듯 물었다.

"그나저나 썩은 동아줄이라는 게 뭡니까? 중국에다가 썩은 동아줄을 내려 줄 거라고 하셨잖습니까?"

동아줄이 뭔지 로버트는 대충 알아들었다.

구원해 줄 수 있는 뭔가라는 거다.

그런데 썩은 동아줄이라는 것은 끊어질 수밖에 없다.

즉, 도와주는 것처럼 보이지만 결과적으로는 죽여 버린다는 건데.

"지금 중국은 혼자 둬도 망할 판국인 것 같은데요."

마스크와 방역용품이 없어서 그런지 회귀 전과 비교할 수조차 없을 정도로 빠르게 코렐이 번지고 있었다.

"마스크입니다."

"마스크요? 그 지금 쓰는 마스크 말입니까?"

"네, 지금 쓰는 마스크요."

"하지만 중국에는 마스크가 없는데요."

이미 중국의 마스크 공장은 대부분 사라진 지 오래다.

노형진이 외부로 빼돌렸고, 최후의 순간에 남은 극소수의 마스크 공장만이 중국에서 국유화 선언을 하는 바람에 어쩔 수 없이 묶여 있는 상황이다.

"맞습니다. 마스크가 없지요."

그래서 중국은 천으로 마스크를 만들어 쓰는 상황이다.

물론 코델은 천 마스크로는 막을 수 없다.

"그래서 마스크를 수출할까 생각 중입니다."

"중국에요?"

"네."

"하지만 전 세계에 마스크가 부족해서 난리인데요. 한국 정부도 얼마 전에 마스크 수출 금지를 걸었습니다만?"

"공장은 한국에만 있는 게 아니죠. 사실 마스크가 가장 많은 곳이 어디겠습니까?"

"그거야⋯⋯. 그렇군요. 동티모르가 있군요."

동티모르. 노형진이 국제법의 허점을 이용해서 빈민 구제용으로 만든 의학 집단이 모여 있는 나라.

사실상 사업이라는 게 제대로 없는 동티모르는 거의 그러한 노형진의 투자에 기대고 있다고 봐도 무방하지 않다.

실제로 동티모르는 역사와 다르게 국제 지원용 물품 제작을 통해 생존을 도모하고 있다.

"현재 동티모르에 어마어마한 숫자의 마스크가 쌓여 있지요."

노형진은 코델이 올 걸 알고 있었고, 그에 대비하여 동티모르에 어마어마한 숫자의 마스크 공장을 만들고 몇 년간 계속 마스크를 뽑아냈다.

로버트는 금전적 관리를 해 왔으니 그걸 알고 있다.

"거기서 중국으로 마스크를 수출할 겁니다."

"충분히 그러고도 남겠군요."

동티모르에 있는 마스크는 수백억 장이 넘어간다.

물론 마스크가 일회용이라는 점 때문에 그러한 어마어마한 생산량과 재고도 오래가지는 않을 테지만 말이다.

"그걸 중국으로 보낼 겁니다."

"하지만……."

로버트는 고개를 갸웃했다.

"중국과 사이가 불편하지 않으셨나요? 제가 알기로는 중국과 사이가 안 좋으신 걸로……."

"정확하게는 중국을 견제하고자 하는 거죠. 그들의 본성을 아니까요."

"그러니까요. 그런데 왜?"

"제가 중국에서 견제하고자 하는 건 중국 자체나 중국 인민이 아닙니다. 중국의 공산당이지요."

노형진은 씩 웃으며 말했다.

"그리고 제가 썩은 동아줄을 내려 줄 대상은 다름 아닌 중국의 공산당입니다, 후후후."

중국 공산당.

사실상 중국을 지배하는 자들이다.

당이라고 불리지만 절대 권력을 가진 자들이며 그들을 부정하거나 저항한다는 것은 목숨을 잃는다는 의미다.

중국 내부에서는 누구도 그들에게 저항하지 못한다.

그리고 그런 조직은 필연적으로 썩을 수밖에 없다.

그걸 알기에 노형진은 그들에게 썩은 동아줄을 내려 주기로 한 것이다.

"마스크를 팔고 싶다고?"

"그렇습니다. 저희가 가진 마스크를 중국에 좀 팔고 싶습니다."

동티모르의 사업가인 우마페는 중국 공산당의 핵심 당원인 중린산에게 바짝 엎드려 말했다.

중린산의 눈이 반짝거렸다.

"얼마나 말인가?"

"일단 저희 쪽에는 10억 장 이상의 마스크가 있습니다."

"10억 장!"

눈을 크게 뜨는 중린산.

"어떻게 그렇게 많이?"

"동티모르가 전 세계 빈국 보건 지원의 핵심 아닙니까?"

"하긴, 그건 그렇지."

과거에 어마어마한 돈을 주고 비싸게 사던 약들을 동티모르는 최소한의 비용으로 생산했고, 그 덕분에 빈국에 대한 의료 지원이 훨씬 잘되었다.

원래 역사에서도 WHO가 힘이 빠지는 건 사실이었지만 노형진의 이런 노력 덕에 지금의 WHO는 회귀 전보다 더 많이 힘이 빠진 상태였다.

멀쩡한 자선사업가들이 모조리 세계복지재단으로 넘어갔기 때문이다.

"그곳에는 어마어마한 양의 마스크가 쌓여 있습니다. 세계 빈국으로 수출하기 위해서지요."

"그걸 이쪽으로 돌리겠다?"

"가난한 나라에 그 정도 돈이 생길 기회는 흔치 않으니까요."

물론 원래라면 절대 불가능한 일이다.

노형진이 바보도 아니고, 그런 문제에 관해서는 철저하게 감시하기 때문이다.

하지만 이번은 달랐다. 노형진이 몰래 우마페를 보낸 거니까.

"10억 장이라……."

안 그래도 매일같이 사람이 죽어 나가고 살처분까지 저지르는 상황.

마스크 하나 구하지 못해서 사람들은 비명을 지르고 있다. 그런 상황에서 10억 장이라니.

'지금 마스크 한 장당 가격이……'

한 장당 평균 가격이 800위안이 넘는다.

한국 돈으로 치면 무려 14만 원이다. 그마저도 못 구해서 안달이다.

원래 역사에서도 비쌌던 마스크가 노형진의 봉쇄정책으로 인해 아예 구할 수 없는 수준이 되어 버렸기 때문이다.

"그래서 얼마에 줄 수 있지?"

"저희도 좀 남아야 하니 한 장당 100달러에 드리겠습니다."

"뭐? 100달러? 너무한 거 아냐?"

"지금 미국에서도 마스크 한 장에 100달러가 넘습니다."

심지어 미국조차도 의료진용 마스크를 한국에 구걸하다시피 해서 얻고 있는 상황이었다.

"끄응…… 망할 빵즈 새끼들."

안 그래도 미국과 친하게 지내는 한국이 그런 지원을 하자 미국은 한국에 대해 온갖 지원책을 발표하고 있었다.

"그래도 너무 비싼데. 그리고 그건 소매가고, 대량으로 납품한다면서?"

"어쩔 수가 없습니다. 저희도 나름 수송을 해야 하니까요. 바로 중국으로 보내면 분명 문제가 될 겁니다."

"아, 그렇군."

중국으로 바로 보내면 위에서 알아차릴 수 있으니 다른 곳을 한번 거쳐서 보내야 한다는 소리다.

"그래도 너무 비싼데."

"하지만 양이 양인데……."

"그러면 80달러에 하지."

"80달러면 남는 것도 없습니다."

우마페는 말도 안 된다는 듯 손을 휘휘 저었다.

물론 전혀 아니다.

애초에 이 마스크들은 정상적인 시기에 만들어 둔 것들이다. 즉, 원가가 잘해 봐야 80원 정도다.

"그런 소리 하지 말고. 누가 그 말을 믿는다고."

우마페는 펄쩍 뛰었다.

"당장 미국에 수출해도 그것보다는 더 받습니다."

"하지만 걸리겠지. 안 그런가? 그래서 여기로 온 거 아닌가?"

"그건……."

그건 사실이다.

미국에 이런 대량의 마스크를 공급하면 분명 걸린다. 그러니 수출을 못 한다.

하지만 중국은 다르다. 어차피 중국 정부에서 자료를 주지는 않을 테니까.

"90달러에 하시지요."

결국 못 이긴 듯 우마페가 말하자 중린산은 약점을 잡았다는 듯 크게 외쳤다.

"80달러!"

"하지만……."

"80달러!"

"……."

"하기 싫으면 말든가. 어차피 그 정도 돈을 줄 수 있는 나라는 없을 테니까."

"후우…… 알겠습니다, 80달러."

결국 우마페는 쓰게 웃었다.

80달러.

한화로 치면 대략 9만 원. 절대 작은 돈은 아니다.

'으흐흐, 이게 웬일이냐.'

마스크를 못 구해서 온 나라가 몸살이다.

물론 물량이 풀리기 시작하면 가격이 떨어질 것이다.

하지만 그런다고 해서 무슨 손해를 본단 말인가? 어차피 마스크 하나당 가격이 14만 원이다.

'적당히 물량을 관리한다면.'

가격의 하락을 막을 수 있고, 결과적으로 어마어마한 수익을 낼 수 있다.

"그래서 얼마나 드릴까요?"

"10억 장 전부."

"네?"

"10억 장 전부 사도록 하지."

"10억 장 전부요? 하지만 돈이 되실지……."

한 장당 80달러. 10억 장이면 800억 달러다.
한화로 치면 무려 90조 하고도 4,600억이 넘는 돈이다.
"그냥 1억 장 정도 하시는 게……."
"10억 장 전부."
눈이 돌아간 중린산은 이미 마음을 굳힌 후였다.
"왜? 불가능해?"
"아니, 가능은 한데……."
"10억 장 전부 내놔."
중린산의 머릿속에는 어마어마한 돈의 산이 보이고 있었다.

노형진은 그 말을 듣고는 혀를 내둘렀다.
"미쳤군."
"공급 가능하시겠습니까?"
"뭐, 가능은 하겠습니다만."
노형진은 어깨를 으쓱했다.
이미 충분한 양의 마스크가 쌓여 있으니까.
"하지만 무려 10억 장인데……."
"중국은 마스크가 비싸서 난리니까요."
"그래도, 괜찮으시겠어요?"
"뭐, 많다면 많은 양이지만 사실 적다면 또 적은 양이니까요."

10억 장이라고 해 봐야 중국 인구를 생각하면 1인당 한 장도 돌아가지 못하는 양이다. 현재 중국 인구는 14억이 넘으니까.

"정부에서 지원받아서 사려고 할까요? KF64 기준이면 그래도 어느 정도는 오래 쓰니까."

원래 마스크는 일회용이지만 워낙 부족해서 전 세계에서 다회용으로 쓰기를 권장하고 있다.

그만큼 절박한 거다.

"글쎄요. 전혀 아닐걸요."

우마페의 질문에 노형진은 말도 안 된다는 듯 피식 웃었다.

"분명 중국 정부가 아니라 자기들이 직접 관리하려고 할 겁니다."

"네?"

우마페는 이게 무슨 소리인가 했다.

그런데 로버트 역시 노형진의 말에 고개를 끄덕거렸다.

"확실히, 중국 정치인들의 그간의 행태를 보면 그럴 가능성이 높군요."

"10억 장을요?"

"네, 10억 장을 전부 공산당, 정확하게는 공산당의 주요 당직자들이 관리하려고 할 겁니다."

이유는 간단하다. 그래야 자기들이 다 처먹을 수 있으니까.

"국가에서 관리한다고 하면 10억 장이라고 해 봐야 언 발에 오줌 누기도 안 되죠."

더군다나 국가에서 관리한다고 하면 원가에 공급하는 수밖에 없다.

아무리 잘해 줘도 장당 90달러나 100달러 수준으로 팔게 될 것이다.

"하지만 지금 중국에서 마스크가 장당 14만 원이라고 하니까."

한 장당 9만 원에 산다고 해도 무려 5만 원이나 남는 거다. 절대 적은 돈이 아니다.

중국의 평균 수익은 중국 측의 주장에 따르면 대략 7천 위안, 그러나 외부에서 조사한 바에 따르면 4천 위안이라고 추정하고 있다.

중국 쪽에서 임금을 7천 위안이라고 하는 이유는 그만큼 경제가 성공했다고 주장하기 위해서다.

하지만 실제 지급액을 보면 도심지에서 어느 정도 자리 잡은 중수위가 4천 위안 수준이고, 외곽 지역으로 나갈수록 임금은 더 떨어진다고 한다.

실제로 지방에 가면 3천 위안도 안 되는 곳도 있고, 시골의 경우는 2천 위안도 안 주는 곳도 있다고 할 정도로 중국은 임금의 격차가 심한 곳이다.

비공식 조사에 따르면 중국 인구 30% 이상의 임금이 1천 위안 정도라도 하던가?

"그런 곳에서 5만 원이면 절대로 적은 돈이 아니지요. 그런데 한 장당 5만 원의 수익을 낼 수 있다면 누가 거절을 하겠습니까?"

"물론 그거야 그렇습니다만, 개인이 하기에는 너무 규모가 크지 않습니까?"

무려 90조가 넘는 대형 거래다.

이런 돈을 쉽게 쓸 수 있는 사람은 아무도 없다.

심지어 미국 정부조차도 이 정도 돈을 쓰기 위해서는 온갖 복잡한 과정을 거쳐야 한다.

그런데 그 돈을 중국의 정치인들이 개인적으로 쓴다?

"중국인이니까요."

"네?"

"일개 시장이 조 단위 뇌물을 쌓아 두고 사는 나라입니다, 거기."

실제로 그런 시장이 있었다.

그가 가지고 있던 금과 현금 그리고 자산을 집계하자 그 돈이 무려 4조나 되었다고 한다.

"한 개 주를 담당하는 게 아니고 한 개 시를 담당하는 당원이 그 정도 뇌물을 가지고 있는 나라가 중국입니다. 물론 혼자서는 힘들겠지요."

"'혼자서는'이라……."

"하지만 혼자가 아니라면요?"

이건 혼자서 감당할 수 있는 수준의 건수가 아니다.

일단 마스크가 들어와도 그걸 사람들 모르게 움직여서 은닉해야 한다.

그걸 한 번에 팔 리가 없으니까.

"그러니 다른 당원들도 불러서 끼워 넣을 게 분명합니다."

그리고 자기 파벌에 그 돈을 주려고 할 게 뻔하다.

'중린산은 샹량핑 주석의 최측근이지.'

즉, 자기네 파벌을 데려다가 뭐든 해 보려고 할 게 분명했다.

"그러니 그들이 뭉쳐서 구입할 겁니다."

"하지만 그게 왜 썩은 동아줄이 됩니까?"

로버트는 이해가 가지 않는다는 듯 물었다.

마스크양이 중국에서 쓰기에 적긴 하지만 그렇다고 해서 도움이 안 되는 건 아니니까.

"음…… 이 경우는 썩은 동아줄이라기보다는 스스로 동아줄을 자르는 형태가 될 겁니다."

노형진은 씩 웃으며 말했다.

⚖

같은 시각, 중린산은 자신과 밀접한 당원을 모아 두고 이야기하고 있었다.

"10억 장이라……."

"그걸 우리가 사서 공급하면 어마어마한 수익이 날 겁니다."

한 장당 9만 원에 사서 14만 원에 팔면 대략 50% 정도 수익이 남는 거다.

그러면 무려 45조의 수익이 그대로 떨어지는 셈.

"으음…… 그런데 동티모르에서는 어떻게 그 많은 마스크를 확보한 거랍니까?"

"동티모르에 빈국 지원 공장이 많지 않습니까? 빈국 지원용으로 마스크 공장을 엄청나게 세웠다고 하더군요. 그리고 여전히 그게 쌓여 있고요."

"그래서 그걸 우리 쪽으로 돌려주겠다?"

"네, 그렇습니다."

"의심 사항은 없습니까?"

"이미 확인했습니다. 오래 영업한 기업인 것도, 또 동티모르에 마스크 공장이 있는 것도 사실입니다."

즉, 이상한 게 전혀 없는 상황.

물론 일반인이라면 이런 말도 안 되는 짓거리를 생각하지는 않을 것이다.

하지만 이들은 아니었다.

부처 눈에는 부처만 보이고 돼지 눈에는 돼지만 보인다는 말이 있다.

이들은 모든 나라가 자기들처럼 부패하고 권력 지향적이라고 생각한다.

그래서 다른 나라와의 관계가 삐걱거리는 거다.

다른 나라를 무조건 힘으로 찍어 누르려고만 하니까.

그들 입장에서는 부패하고 자기 이익을 챙기는 것이 지극히 정상적인 거다.

"구입을 더는 못 하는 거요?"

"일단 10억 장은 가능하다고 했는데, 더 가능할지는 모르겠습니다."

"흠…… 그렇단 말이지."

다들 얼굴에 반가움이 서렸다.

돈이라는 건 결국 많을수록 좋은 거니까.

"좋소. 우리가 돈을 모아서 마스크를 구입하도록 하지. 적당히 풀어서 판매한다면 수익이 제법 짭짤하겠어."

"그럴 겁니다."

관리는 어렵지 않다.

중국 내부에 마스크 공장도 없고, 공장에 공급할 필터를 살 수도 없다.

심지어 마스크 공장에 필요한 장비도 구할 수가 없다.

그러니 당분간은 중국에서 어마어마한 수익을 낼 수 있을 거라는 생각에 그들의 얼굴은 환해졌다.

"빨리 서두르시오, 다른 놈들이 채 가기 전에."

"알겠습니다."

중린산은 고개를 끄덕거리고 바로 움직이기 시작했다.

얼마 후 어마어마한 양의 마스크가 중국으로 넘어갔다.

미리 선적까지 끝내고 발송만 기다리고 있던 터라 제3국을 거쳐서 마스크를 중국으로 보내는 것은 어렵지 않았다.

그리고 중국에서는 노형진의 예상대로 움직였다.

"마스크가 들어간 지 벌써 4일째인데 움직임이 없답니다. 일선 병원과 군대에도 공급된 게 없고요."

아나나 다를까, 무려 10억 장이나 되는 마스크가 공급되었는데도 어떠한 반응도 없었다.

뉴스에도 안 나가고 일선에서는 여전히 마스크의 부족을 외치고 있었다.

"물량은요?"

"일부가 조금씩 풀리고 있는 모양입니다만, 일선으로 가는 게 아니라 판매가 되는 것 같더군요."

"제가 뭐라고 했습니까?"

로버트의 질문에 노형진은 당연하다는 듯 말했다.

노형진이 예상한 대로 그 마스크는 대중에 풀리는 게 아니라 중국의 공산당 당원들이 알음알음 소량으로 팔면서 이익을 챙기고 있었다.

"그들도 알고 있는 겁니다. 당분간은 마스크를 구할 방법이 없다는 걸요."

당연히 시간이 지날수록 마스크의 가격은 더더욱 높이 뛸 게 뻔하다.

"그나저나 대단하군요. 이렇게 한 방에……."

무려 90조의 수익을 올린 노형진이다.

그리고 지금 전 세계에서 필요로 하는 마스크를 공급하는 노형진 입장에서 단시간 내에 얼마나 더 많은 수익을 낼지 예상조차도 할 수가 없었다.

"하지만 여전히 이해가 안 가는 게 있습니다. 왜 그들에게 는 마스크가 썩은 동아줄이 되는 겁니까?"

물론 중국 내부에서 부족한 마스크를 돈을 가진 사람들에 게만 파는 행위가 좋아 보이지는 않는다.

하지만 자본주의가 다 그런 게 현실이다. 이게 저들에게 썩은 동아줄 같아 보이지는 않았다.

"이제는 다르게 보일 겁니다."

"다르게 보인다고 하시면?"

"중국에 막대한 양의 재료를 공급할 생각이거든요."

노형진은 씩 웃으며 말했다.

⚖

중국의 인구는 14억이다. 정상적으로 본다면 하루에 최소 한 3억 장 이상의 마스크가 소비되어야 한다.

하지만 마스크는 없고, 하루가 멀다 하고 사람이 죽어 나 갔다.

모두가 그렇게 공포에 떨고 있는 시기에 중국의 마스크 공 장에서 생각지도 못한 소식이 들려왔다.

"뭐라고? 생산량을 늘릴 수 있다고?"

"그렇습니다. 한국에서 중국의 상황을 돕기 위해 필터에 대한 우선적인 공급을 약속했습니다."

"아니, 왜?"

중린산은 뜬금없는 한국의 호의에 '왜?'라는 질문부터 튀 어나왔다.

"네?"

"아니, 한국 놈들이 왜 갑자기 우리한테 필터를 준다고 한 단 말이야? 지금 다른 나라도 공급 못해서 난리 아니야?"

"그거야 그렇지만 그래도 우리가 바로 옆에 있고 우리에게 경제적으로 많이 기대고 있으니까 그러는 거 아니겠습니까?"

"그건…… 그런데…….'

"일단 필터가 공급되면 어느 정도 마스크 공급을 해결할 수 있을 듯합니다."

공장 기계를 풀가동해도 필요한 마스크만큼 생산할 수 없 는데 필터마저 없어서 아예 공장이 멈춰 버린 상황이었다.

그런데 갑자기 필터를 공급한다? 그래서 마스크가 공급된다?

'아…… 안 돼!'

중린산은 터져 나오려는 비명을 애써 참았다.

그랬다가는 자신들이 사 둔 마스크가 말 그대로 똥값이 될 테니까.

적게 산 것도 아니고 무려 10억 장이다. 그걸 조금씩 풀어서 소비량을 유지시키면서 수익을 내려고 하는 와중에 갑자기 마스크 공장이 가동된다니.

"가지고 있는 모든 마스크 공장을 풀로 가동시키면 하루에 1천만 장 이상 생산이 가능할 겁니다."

사정을 모르는 보좌관은 기대에 차서 중린산에게 희망에 찬 보고를 하고 있었지만 듣고 있던 중린산은 입안이 바짝바짝 말랐다.

'하루에 천만 장이면…… 우리가 공급하는 것 이상이잖아!'

물론 여전히 턱없이 부족한 건 사실이다.

그러나 그 정도 양이 매일 공급되기 시작하면 마스크 가격의 폭락은 피할 수가 없다.

"그래서…… 공급가는?"

"일단 정부에서는 피해를 막기 위해 가능하면 싼 가격에 공급한다고……."

'절대로 안 돼.'

현재 마스크 가격은 한 장에 14만 원이다. 그걸 알기에 무려 한 장에 9만 원을 주고 수입한 거다.

그런데 필터 공급이 재개된 후에 다시 마스크가 뿌려진다면?

수량은 부족할지언정 마스크 가격이 낮춰질 건 당연하다.

아마도 잘해 봐야 한 장당 1만 원 정도의 가격이 되지 않을까?

문제는, 사람들이 정부에서 1만 원에 공급하는 걸 알게 되었는데 그걸 14만 원을 주고 사겠느냐는 거다.

지금같이 돈이 없는 상황에서 그 돈을 주고 사지는 않는다.

더 큰 문제는 바로 소비자 계층이다.

지금 조금씩 풀면서 가격을 유지하고 있는 마스크는 돈이 있는 사람들이 소비하고 있다.

그들이라고 해서 한 장당 14만 원에 마스크를 사고 싶어 할 리 없으니 당연히 싼 마스크를 구입할 게 뻔하다.

어차피 돈이 있고 백이 있는 사람들은 부족한 마스크일지언정 우선 구입 대상이고, 실제로 그들이 마스크를 구입할 가능성이 아주 크다.

그렇다면 나머지 사람들이 그 마스크의 판매량을 받아 줘야 하는데, 마스크 한 장당 14만 원이라는 돈은 그들이 절대 받아 줄 수 없는 가격이다.

"그래서 언제부터 공급이 가능하다는데?"

"일단 현재로서는 근시일이라고만 하고 있습니다. 주요 필터 업체들과 협상 중이라고……."

"……."

중린산은 한참 침묵을 지키다가 애써 침을 삼키며 말했다.

"일단 알았으니까 나가 봐."

"네, 알겠습니다."

보좌관이 나가자 중린산은 다급하게 핸드폰을 들었다.

그리고 함께 손잡고 마스크를 구입한 사람들에게 전화를 걸었다.

—중린산 동지, 안 그래도 내가 전화하려고 하는 와중이었소. 지금 소식, 그거 뭐요?

"이건 생각지도 못한 일입니다. 모여서 좀 이야기해 봐야겠습니다."

—이거, 당에서도 알고 있던 거요?

"그럴 리가 있겠습니까? 그랬다면 제가 마스크를 10억 장이나 살 이유가 없지 않습니까?"

모르니까 산 거다. 만일 알았다면 샀을 리가 없다.

"일단 다들 모여서 상황을 타개할 방법을 찾아봅시다."

모일 날을 정한 중린산은 전화를 끊고는 침을 꿀꺽 삼켰다.

"이럴 수는 없어⋯⋯."

거의 전 재산을 이번 마스크 사업에 꼬라박았다.

그런데 이제 마스크가 풀린다니. 그랬다가는 그는 죽는다.

'다른 동지들이 날 살려 둘 리가 없어.'

각자 적게는 백억 단위, 많게는 조 단위의 돈을 꼬라박았는데 그걸 대부분 날린다?

누구도 자신을 살려 둘 리가 없다는 생각에 중린산은 입술이 바짝바짝 말라 왔다.

⚖

그날 저녁, 은밀한 장소에 모인 당원들은 분노에 찬 고함을 질렀다.

"말이 되는 소리요! 갑자기 필터를 공급하겠다니!"

"필터만이 문제가 아닙니다. 가격이 비싸기는 하지만 한국 내부에서도 남아도는 마스크 공장 기계들을 넘겨주겠다고 합니다."

"하! 우리한테서 빼앗아 간 것들 말이지?"

가격이 무려 다섯 배나 비싸게 되사라는 소리지만 지금 중국 입장에서는 그마저도 감지덕지였다.

"문제는, 그랬다가는 우리가 진짜로 망한다는 겁니다."

물론 전량을 다 구입할 수 있는 건 아니다.

하지만 그들이 판매하겠다고 나서는 마스크 공장의 장비들과 필터를 모두 구입한다면?

"대충 계산해 보니 하루에 대략 5천만 장 정도 공급이 가능할 거라고 생각됩니다."

"5천만 장?"

"그렇습니다."

"이런……."

5천만 장이면, 20일이면 10억 장이 나온다. 당연히 그만큼 마스크 가격은 떨어진다.

"이대로는…… 우리가 다 죽습니다."

다들 떨떠름한 표정이 되어서 말했다.

농담이 아니다.

무려 90조라는 돈이 사라졌다. 그것도 비자금이 말이다.

지금 세상에서 돈은 힘이자 권력이다.

당장은 그들이 샹량핑의 지도 아래에서 권력을 누리고 있지만, 지금 이 순간에도 샹량핑 밑에 들어가고자 하는 놈들은 어마어마하게 많다.

그리고 외부적으로 보면 샹량핑은 깨끗한 지도자처럼 보이지만 내부적으로 보면 샹량핑 역시 다른 정치인들과 다를 바가 없다.

즉, 그들이 돈을 잃으면 샹량핑에게 줄 돈이 없어지니 그 자리를 다른 파벌이 차지하게 되는 건 당연한 수순이다.

"그렇게 되면……."

모두의 얼굴에 어둠이 서렸다.

다른 파벌이 자리를 차지하면 피의 숙청을 피할 수 없으니까.

운이 좋아도 교도소에 들어갈 테고, 운이 나쁘면 부패 사범의 죄를 뒤집어쓰고 총살당한다.

실제로 샹량핑에게 저항하거나 정치적 라이벌이었던 자들은 모두 부패 혐의를 뒤집어쓰고 형장의 이슬로 사라졌다.

운이 아주아주 좋다면 정치범 전용 감옥에 갈 수도 있다.

정치범 전용 감옥은 말만 감옥일 뿐, 5성 호텔급의 서비스를 지원한다.

운동장도 있고, 호텔 같은 방에 요리사와 의사까지. 사실상 일종의 유폐 지역인 셈이다.

하지만 아무리 운이 좋아도 그 안에서 나오지는 못한다.

일단 공식적으로는 '감옥'이니까.

당연히 다른 파벌이 그들을 그곳에서 곱게 죽게 놔둘 리가 없다.

"어떻게 해야 합니까?"

무려 90조.

그들이 크게 한탕 하려고 그동안 모아 둔 어마어마한 양의 은닉 자산을 꼬라박은 상황이었다.

"어떻게, 샹량핑 주석께 우리 마스크를 원가에 사 달라고 하는 게 어떨까요?"

누군가의 말에 중린산이 기겁했다.

"미쳤소? 그랬다가는 우리 모두 총살이오."

농담이 아니다.

무려 10억 장이나 되는 마스크다.

차라리 그 사실을 이야기해서 중국 정부에서 구매하게끔 한 거라면 공치사라도 들을 수 있었겠지만, 이제 와서 망하게 생기자 마스크를 사 달라고 한다?

당장 인민들이 코넬에 걸려서 죽어 나자빠지고 마스크가 없는 의사와 간호사가 죽어 나가고 있는 와중에 폭리를 취하려고 했다는 걸 말한다고?

"샹량핑 동지가 우리를 살려 둘 것 같소?"

절대로 살려 주지 않는다.

물론 그가 욕심이 많은 건 사실이다.

하지만 개인적 욕심이 많은 것과 국가적 위기 상황을 벗어나는 것은 전혀 다른 문제다.

그가 계속해서 권력을 쥐고 있으려면 어떻게 해서든 이 문제를 해결해야 한다.

"이 문제에 대한 모든 책임을 우리가 지고 모가지가 날아가겠지."

"……."

코넬을 막지 못한 책임은 누군가 져야 한다.

그리고 중국 정부, 아니 공산당은 그 책임을 누구에게도 지우지 못하게 하고 있었다. 죄다 권력의 핵심이니까.

그런 상황에서 누군가가 눈 밖에 난다면? 결국 그 책임을 다 뒤집어쓸 수밖에 없다.

"하지만 그렇다고 그냥 가만히 서서 망하기만을 기다릴 수는 없지 않소?"

가만히 있으면 망하는 게 확정적인 상황이다.

"차라리 그냥 확 풀어 버리는 건 어떻소?"

"그러면 추적이 들어올 겁니다."

그들이 10억 장이나 되는 마스크를 조금씩 푸는 이유는 단순히 가격 관리 때문만이 아니다.

그 정도 되는 양의 마스크가 갑자기 풀린다면 위에서 조사할 게 분명하다.

물론 이들은 어지간한 조사는 덮을 수 있는 능력자들이다.

하지만 지금 같은 위기 상황에서 벌어지는 조사의 결과는 무조건 샹량핑의 귀에 들어갈 수밖에 없고, 그건 결국 그들의 목숨을 조이는 꼴밖에 되지 않는다.

"그렇다고 그냥 가만히 있을 수도 없고."

다들 고민하는 그때 다급한 중린산이 생각지도 못한 방법을 꺼내 들었다.

"차라리…… 공장을 모두 폐쇄하는 건 어떨까 싶은데."

"폐쇄?"

"그게 가능하겠소?"

그나마 남은 재고로 애써 마스크를 생산하고 있는 중국의 마스크 공장이다.

그 수량이 얼마 되지 않는다지만 사실상 중국의 마지막 희망이고, 또 중국 의료진에게 제공되는 유일한 마스크들이다.

"그런데 그걸 폐쇄하자고?"

"그게 가능할 리가 없지 않소?"

이미 해당 공장들은 모두 국영화시켜서 운영되고 있다.

중국 밖으로 나가기 직전에 국유화시켜서 돌리는 상황이다.

그런데 그걸 폐쇄한다?

"다른 사람들이 그걸 가만두지는 않을 텐데."

"물론 그냥 폐쇄한다면 그러겠지요. 하지만 불의의 사고라는 게 있을 수 있지 않소?"

"불의의 사고?"

"기계를 과도하게 돌리다 보면 과열되는 경우도 종종 있지요."

다들 눈동자가 흠칫하고 흔들렸다.

과열된다는 말이 의미하는 게 뭔지 바로 알아들었기 때문이다.

"하지만 공장을 불태우면……."

"불태우다니요. 화재라는 겁니다, 화재. 운이 안 좋은 기업들이 그런 꼴을 많이 당하지요."

다들 고민하는 눈치였다.

화재.

확실히 화재가 나서 마스크 공장이 전소되면 자신들은 살수 있을 것이다.

필터가 오면 뭐 하나? 공장이 없는데.

"더군다나 크게 피해는 없을 겁니다."

그럴 수밖에 없는 게, 그 마스크 공장들이 전소된다고 해도 한국에서 조만간 마스크 공장에 들어갈 기계들을 팔겠다는 의사를 전해 왔다.

빠르면 두 달 안에 그걸 설치하고 공장을 가동할 수 있다.

그러면 하루에 4천만 장 이상의 마스크를 생산할 수 있다.

"아주 짧은 시간입니다."

대략적으로 두 달. 그 두 달이라는 시간 동안 자신들은 빠르게 마스크를 처분하면 된다.

그리고 두 달 정도면 몰래 비싼 가격에 마스크를 팔아서 수익을 남길 수 있다.

"그게 가능하다면……."

그 후에 공장을 풀로 돌려서 가격이 안정된다 한들 다들 손해 볼 건 없다.

"아니, 도리어 이득일 수도 있습니다."

마스크 공장에 화재가 났다는 소문이 돌면 마스크 가격은 급등할 수밖에 없다.

"사고라는 건 우연히 발생하는 것 아니겠습니까?"

그리고 이들은 힘이 있는 사람들이다. 조사 기록을 조작하는 건 일도 아니다.

샹량핑이 직접 조사한다고 해도 결국은 보고서만 받을 게 뻔하고, 그 보고서를 조작하는 건 어렵지 않다.

"관리하는 놈 두엇만 날아가면 됩니다."

다들 최후의 선택을 해야 하는 시점이 왔다는 걸 느꼈다.

그리고 애석하게도 이들에게 선택지는 하나뿐이었다.

끊어진 동아줄

"별문제 없지?"

"없습니다."

중국의 모처에 있는 대형 공장. 그곳은 미친 듯이 바쁜 상황이었다.

오랜만에 필터가 제대로 공급되어 스물네 시간 공장의 기계들을 돌리고 있었으니까.

"그나마 다행입니다, 필터가 들어와서."

"그래도 여전히 불안하군. 다른 나라도 필터가 부족해서 난리라고 하니……."

한때는 중국이 마스크 필터 최대 생산국이었지만 이제는 공장이 모조리 떠나고 자기들끼리 수급하기도 힘들어졌다.

"그래도 한국이 우리 눈치를 보는 거 아니겠습니까?"

"그렇겠지. 어찌 되었건 우리 중국은 강한 나라야. 작은 나라 따위가 감히 넘볼 만한 나라는 아니지."

그동안 한국은 다급한 나라에 의료용 방역용품을 지원해 주면서 많은 나라의 호감을 샀다.

다만 중국은 자신들의 거짓말에 매몰되어서 차마 신청하지 못하고 있었을 뿐이다.

하지만 한국이 알아서 기어 준다 하니 더는 문제 될 것 없었다.

"일단 생산량은 전부 방역용으로 돌려."

"알겠습니다."

"직원 중에서 누가 훔치는지도 잘 감시하고. 당분간은 여기가 유일한 구명줄이니까."

"네!"

관리관의 말은 농담이 아니었다.

그렇게 국유화하여 압류한 마스크 생산 장비들은 모두 한곳으로 모아서 생산하는 중이었다.

다른 지역에 분산해서 관리하자니 힘들고 시간도 오래 걸리니까.

차라리 한곳에서 생산을 관리하고, 생산된 마스크를 각 지역으로 배분하는 것이 더 유리하다.

'그래도 당분간은 수입이 짭짤하겠어.'

물론 그중 일부를 빼돌려서 팔아먹는 건 관리관에게는 아주 당연한 일이었다.

물론 그는 걸리지 않는 선에서 적절하게 해 먹고 있었다.

다만 다른 직원들도 그렇게 해 처먹기 시작하면 자신이 걸릴 수 있기에 다른 직원들이 빼돌리지 못하도록 단속하는 것이다.

"나도 오늘은 집에 가서 쉬어야겠군."

"3일 만에 집에 가시는군요."

"후우…… 어쩌겠나. 당에서 이런 중대한 일을 맡겼으니 그걸 우선시해야지."

그는 피곤한 표정으로 손을 들어 얼굴을 문지르며 잠에서 깨려고 노력했다.

지금 같은 상황에 마스크 공장을 맡긴다는 것 자체가 당에서 그를 얼마나 신임하는지에 대한 증명이라는 걸 그는 잘 알고 있었다.

"무슨 일이 있으면 바로 연락 주고."

"네, 알겠습니다."

부하 직원에게 말해 둔 그는 운전기사를 불러 차량 뒷좌석에 올라탔다. 그리고 전화기를 들어서 집에 전화했다.

"어, 난데. 아무래도 당분간은 집에 못 들어갈 것 같아. 뭐? 뭐가 불만이야? 지금 조국이 어떤 상황인지 몰라서 그래? 당에 감사는 못 할망정! 정신 차려! 투정할 정신이 있으면 와서 마스크라도 한 장 만들든가!"

그는 짜증 난다는 듯 언성을 높였다.

"하여간 당분간은 집에 못 가니까 그렇게 알고 있어."

그는 전화를 끊어 버리고는 뒷좌석에 깊숙이 기대앉았다.

"댁으로 가시는 거 아니었습니까?"

운전기사는 출발하려고 하다가 살짝 놀라서 물었다.

아무리 들어 봐도 집으로 한 전화처럼 들렸으니까.

"간신히 시간이 났는데 집에 가서 그 돼지 같은 여편네 몸
뚱이나 봐야겠어? 생각만 해도 구역질이 나는군."

"그러면 어디로 모실까요?"

내연녀를 찾아가고 싶은 건 알겠는데 내연녀가 어디 한두
명인가? 결국 운전기사는 물어볼 수밖에 없었다.

"륜아한테 가지."

"알겠습니다."

운전기사는 고개를 끄덕거리고는 조용히 차를 출발시켰
다.

륜아는 최근에 만든 얼나이, 즉 첩이었다.

마스크 공장에서 **빼돌린** 마스크를 판 돈으로 잡은 여대생
이었다.

"후우…… 얼른 가서 쉬고 싶군."

그의 눈앞에 륜아의 나이스한 몸매가 아른거렸다.

그날 밤, 그는 륜아에게 구해 준 오피스텔에서 뜨거운 밤을 보내고 깊은 잠에 빠져 있었다.

그런데 새벽에 갑자기 미친 듯이 전화가 오기 시작했다.

"으응…… 오빠…… 전화…… 전화……."

자다 깬 륜아가 짜증을 냈지만 더 피곤한 관리관에게 화를 내지는 못했다.

"끄응…… 이제 잠들었다 싶었는데……."

관리관은 눈을 찡그리면서 핸드폰을 들어서 전화를 확인했다.

"어?"

그런데 연달아서 계속 찍혀 있는 부재 중 전화는 다름 아닌 부관리관의 전화였다.

그걸 본 관리관은 등골이 서늘해졌다.

특별한 일이 아니면 이런 식으로 계속 전화할 이유가 없었기 때문이다.

혹시나 하는 마음에 그에게 전화를 걸려고 하려는 찰나 다시 전화기가 울렸다.

아니나 다를까, 부관리관이었다.

"무슨 일이야, 이 밤중에?"

시계를 보니 새벽 2시다. 이렇게 전화할 시간이 아니다.

-관리관님! 큰일 났습니다!

"큰일? 무슨 큰일?"

-공장에서 화재가 났습니다.

"뭐? 화재? 무슨 소리야!"

-3번 라인에서 화재가 나서 공장이 전소되었습니다! 아직도 불을 못 잡고 있습니다!

"전소? 전소라고 했어?"

3번 라인은 안 그래도 계속 문제를 일으키는 라인이었다.

가장 오래된 장비들이고, 또 전 업자가 제대로 관리하지 않아서 수차례 멈춘 전적도 있다.

물론 노형진도 그 사실을 알기에 마지막까지 가지고 가지 않았던 장비다.

-네, 지금 공장이 모조리 불타고 있습니다.

"모조리라고? 남은 건? 남은 라인은!"

-그게…… 하나도 없습니다. 몽땅…… 불에…….

관리관의 핸드폰이 툭 하고 바닥으로 떨어졌다.

그는 직감적으로 자신이 끝장났다는 걸 알 수 있었다.

"우연일까요?"

"음…… 우연일 수도 있고요."

아니나 다를까, 중국은 해당 사실을 외부에 공표하지 않았다.

유일한 마스크 공장이 전소되었다. 그 사실이 알려지면 인민들이 들고일어날 가능성이 높아지기 때문이다.

"아니면…… 고의일 수도 있고요."

'고의 같기는 하지만 말이지. 그나저나 다급하기는 했나보네. 나는 공장을 잠깐 멈추는 정도만 생각했는데.'

갑작스러운 화재.

내부에 심어 둔 정보원에게서 나온 말에 따르면 계속 문제를 일으키던 3번 라인에서 결국 화재가 발생했다고 한다.

그런데 마스크 공장이라는 곳이 사방이 탈 것 천지다.

마스크 필터부터 안감까지 모두 천이고, 심지어 대부분 합성섬유다.

한번 불이 붙으면 쉽게 꺼지지도 않거니와, 현장이 깔끔한 정리 정돈과는 거리가 있는 상황이었다고 한다.

당연히 옮겨붙은 불은 사방으로 번지기 시작했고, 순식간에 공장 전체를 집어삼켰다고 한다.

'3번이 우연히 발화한 건지, 아니면 3번에 문제가 있다는 걸 알고 터트린 건지 알 수는 없지만…….'

중요한 건 중국의 마지막 남은 마스크 공장이 전소되었다는 거다.

"지금 중국에 마스크 기계를 보내면 설치까지 얼마나 걸릴까요?"

"지금 바로 보낸다면 한 달일 겁니다. 하지만 아직 계약도 하지 않은 상황이라…….."

당연히 이쪽에서 장비를 해체해서 선적한 뒤 중국에 가서 설치까지 하려면 못해도 두 달은 걸릴 것이다.

그것도 최대한 빠르게 했을 때의 이야기다. 계약부터 해야 하니까.

"이제 슬슬 다른 손님이 나타날 때가 된 것 같군요."

"다른 손님요?"

"마스크 부족 현상은 중국에서만 일어나는 게 아니지 않습니까?"

"네? 중국에 마스크 공장 장비를 파신다고…….."

"의견을 제시한 거죠, 의견을."

노형진은 싱긋 웃으며 말했다.

"미국에 적당한 회사가 있지요?"

"당연히 저희가 투자한 의료용품 회사가…… 아!"

로버트는 눈을 크게 떴다.

노형진이 지금까지 말한 썩은 동아줄이 뭔지 드디어 알 것 같았기 때문이다.

"중국에 팔고 싶어도 팔 수가 없게 된다면……이라는 거군요."

"미국도 다급하니까요."

미국에서는 마스크 한 장에 10만 원을 넘어서 20만 원을 향해 달려가고 있다. 그 상황에서 미국의 기업이 한국에서 마스크 제작 장비를 사려고 한다?

"미국 정부에서 압력을 행사하지 않을 리가 없지요."

평시라면 고작 마스크 제작 장비 하나에 이 난리를 피우지 않겠지만 지금은 비상 상황이다.

"정보를 흘리세요, 한국에서 여분의 마스크 장비를 팔려고 한다고."

노형진은 씩 웃었다.

⚖

"뭐라고요? 이건 이야기가 다르지 않소!"

중국에 있던 마스크 공장의 화재. 그로 인해 난리가 난 건 주한 중국 대사관이었다.

유일한 마스크 공장이 불타올라서 마스크 공장에 넣을 장비를 마련하기 위해 서두르고 있지만, 그런다고 몇 달 사이에 갑자기 장비가 생길 리가 없다.

더군다나 마스크를 만드는 공장들에는 대부분 어마어마한 주문량에 깔려 있다시피 한 상황.

그나마 빨리 구할 수 있는 게 한국의 마스크 공장 장비들이었다.

"이야기가 다르다니요. 저희가 뭘 어떻게 해 드릴 수 있는 것도 아닙니다만?"

"하지만 한국에서 마스크 공장의 장비를 넘겨준다고 하지 않았소?"

"수출 허가를 내드린다고 하기는 했습니다만."

외교 담당자는 곤혹스러운 듯 말했다.

사실 지금 같은 상황에서 마스크 장비의 수출은 예민한 일이다. 그래서 허가받아야 하는 품목인 건 맞다.

하지만 이미 한국은 충분한 마스크가 공급되고 있는 상황이라 대중국 수출을 허가해 주기로 했었다.

"그렇다고 해당 물품이 저희 물건인 건 아니지 않습니까."

문제는 그 물건들, 즉 마스크 공장 장비들이 한국 정부의 물건이 아니라 한국 기업의 물건이라는 거다.

"한국 기업에서 판매하지 않는 걸 저희가 뭐라고 할 수는 없습니다."

허가받아야 하는 물품이라는 거지 팔라고 강제할 수는 없다는 단순한 말.

"그게 말이 되오!"

"저희가 뭐라고 할 수가 있는 상황이 아니지 않습니까? 지금 미국에서도 그 사실을 알고 구입하겠다고 달려왔다는데."

더군다나 미국에서 제시한 금액은 중국에서 제시한 금액의 무려 두 배다.

한국이 중국에 넘길 때 원래 가격의 다섯 배를 요구했으니 미국은 원래 가격의 열 배를 주겠다고 하는 거다.

"그런 상황인데 저희가 뭐라고 하겠습니까?"

수익을 포기하고 중국에 팔아라? 그게 가능할 리가 없다.

단 몇 퍼센트의 수익에도 왔다 갔다 하는 게 바로 기업이다. 그런데 무려 두 배의 가격을 부른 미국을 외면하고, 계약을 한 것도 아니고 그저 의견 제시만 한 중국에 먼저 말이 오갔다는 이유만으로 팔라는 말을 할 수는 없다.

"그러면 허가를 내주지 말아야지요!"

"그게 말이나 됩니까?"

중국에는 판매 허가를 내줬는데 미국에는 허가를 내주지 않는다?

한국 입장에서는 말도 안 되는 소리다.

"공정성이라는 게 있는데요."

미국이 바보도 아니고, 그 꼴을 당하고 가만있을 리가 없다.

중국과 하나로 묶여서 똑같이 처맞을 생각이 아니라면 방법이 없다.

"그러면 중국은 어쩌란 말이오?"

"중국은 잘 관리하고 있지 않습니까? 일단 급한 건 미국인 것 같습니다만."

주한 중국 대사는 말문이 턱하고 막혔다.

공식적으로 중국은 하루에 백여 명 정도의 확진자만 발생하고 있으니 자신들은 잘 관리하고 있다고 다른 나라에 대고 어필하고 있다.

'물론 현실은 아니라는 걸 알지.'

하지만 대사관 직원은 사실을 안다. 모를 수가 없다.

제대로 관리도 안 되고 있고, 공포와 두려움에 미친 중국에서는 비상식적인 상황이 벌어지고 있다.

당장 우한에서 사람이 왔다는 이유로 그 가족들이 사는 집의 문에 못질을 하고 나오지 못하게 해서 안에서 사람이 굶어 죽는 상황이 벌어지고 있다.

우한 역시 폐쇄된 상황에서 식량조차도 제대로 공급되지 않는 상황.

하지만 가장 큰 문제는 우한을 안정화시키기 위해 들어간 인민 해방군이었다.

모여서 생활하는 군 안에서 코델이 퍼지기 시작한 것이다.

그러자 중국은 그들을 다시 폐쇄 구역에 몰아넣고 군을 동원하는 악순환을 반복하고 있었다.

그나마 군은 방독면이라는 물건이 있어서 그거라도 쓰지만 다른 곳들은 아예 연쇄 봉쇄가 벌어지고 있는 상황이었다.

"관리되고 있는 거 맞지요?"

걱정스럽게 묻는 외교부 직원의 말에 주한 중국 대사는 이를 악물며 말했다.

"확실⋯⋯하게 관리되고 있습니다."

"확실하게 말입니까?"

"네, 확실하게."

"그러면 일단 양해 부탁드립니다. 지금 미국은 관리하기가 어려운 상황이라서요."

주한 중국 대사는 할 말을 잃어버렸다.

⚖

중국의 유일한 마스크 공장이 전소되었다.

그 소식은 전 세계에 빠르게 퍼졌다.

하지만 정작 중국에서는 누구도 그 소식을 알지 못했다.

"이게 썩은 동아줄이라는 건가요?"

우연인지 필연인지 모르지만 마스크 공장이 전소되었고 이제 당분간 중국은 마스크 없이 굴러갈 것이다.

로버트는 그런 상황을 보면서 혀를 내둘렀다.

"뭐…… 그건 아닙니다만."

노형진은 머리를 긁적거렸다.

"솔직히 말해서 마스크 공장의 화재는 제 예상을 훌쩍 넘어선 거라서요. 저는 그저 마스크 공장을 일시적으로 멈추게 한다거나 마스크 제작 기계들을 수입하지 않는 방법을 쓸 거라고 생각했습니다."

화재로 인해 모든 장비가 다 타 버릴 거라고는 예상하지 못했다.

'현실은 소설보다 더하다더니.'

지금 같은 시기에 마스크는 사람 목숨이나 마찬가지다. 그러니 이 와중에 이익을 위해 진짜로 불을 지를 거라고는 상상도 못 했다.

　중국은 우연이라고 주장하고 있기는 하지만……

　'글쎄.'

　그건 모를 일이다.

　"네? 하지만 썩은 동아줄을 내려 준다고 하지 않았습니까? 이게 썩은 동아줄이고, 줄은 확실하게 끊어진 것 같은데요?"

　이미 중국은 마스크 공장이 사라졌고 필터 역시 공급량이 전량 타 버렸다.

　다른 나라에도 마스크 공장이 들어서고 있고, 필터 회사들은 이제 우선순위를 다른 나라로 둘 수밖에 없다.

　공장도 없는 중국에 필터만 공급할 수는 없으니까.

　그러니 마스크 공장이 다시 생긴다고 해도 언제 마스크의 공급이 안정될지는 누구도 모를 일이다.

　"아…… 제가 생각한 썩은 동아줄은 아직 안 끊어졌습니다."

　"네? 그게 무슨 말입니까?"

　로버트는 깜짝 놀랐다. 썩은 동아줄이 안 끊어졌다니?

　"지금 상황이 아니었다고요?"

　"제가 직접 불을 지른 것도 아니고, 화재는 예상하지 못한 변수니까요."

　"아니, 그러면 그 썩은 동아줄이라는 게?"

"말 그대로 마스크가 썩은 동아줄입니다."

"네?"

"슬슬 마스크를 중국 공산당의 주요 당직자들이 풀고 있을 거 아닙니까?"

"그거야 그렇지요."

유일한 마스크 공장이 불타올랐고 소식을 아는 일부는 다급하게 마스크를 사재기하고 있다.

원래 14만 원이던 마스크는 이제 20만 원을 넘어가고 있었다.

"그게 동아줄이었거든요."

"무슨 말씀이신지?"

"10억 장의 마스크입니다. 그게 어디로 갔을까요?"

"중국의 주요 공산당원들이 쥐고 있는 거 아닙니까?"

"네. 그런데 말입니다, 제가 바보도 아니고, 10억 장이나 사라졌는데 과연 세계복지재단에서 그걸 모르겠습니까?"

"......?"

노형진은 어리둥절해하는 로버트를 향해 씩 하고 웃었다.

"이제 그 줄이 끊어질 시간입니다."

얼마 후, 세계복지재단에서 긴급 성명을 발표했다.

―얼마 전 아프리카에 보건 구제용으로 제공된 10억 장의 마스크가 모두 사라지는 사건이 발생했습니다. 해당 마스크는 현재 추적 중이며 최종적으로 중국으로 가는 선박에 선적되었다는 믿을 만한 증거가 있습니다.

아무리 꼬리를 잘 감춘다고 해도 거대한 선박에 실어서 움직이는데 흔적이 남지 않았을 리가 없다.

―저희 세계복지재단에서는 이번 사태에 대해 아주 심각하게 받아들이고 있습니다. 이는 절대로 그냥 넘어갈 수가 없는 상황입니다. 현재 아프리카는 다른 나라와 다르게 최소한의 방역조차도 하지 못하고 있습니다. 그런데 그런 나라의 긴급 구제용 마스크를 훔쳐 가다니요. 저희는 끝까지 추적해서 범죄자들을 발본색원할 생각입니다.

재단의 발표는 아프리카 사람들을 분노하게 만들었다.
그리고 그건 노형진의 계획에 들어가 있는 부분이었다.
'이로써 아프리카에서의 일대일로가 상당히 곤란해질 거야.'
중국이 일대일로를 가장 공들이는 곳은 다름 아닌 아프리카 지역이다.
그럴 수밖에 없는 게, 아프리카의 어떤 나라도 아직 강한 영향력을 가지지 못한 데다 가난해서 쉽게 집어삼킬 수 있기 때문이다.

실제로도 일대일로의 실적이 가장 많이 나오는 곳이 바로 아프리카다.

그런데 그런 아프리카에 긴급 공수된 마스크를 중국에서 훔쳐 갔다?

아프리카의 국민들이 바보도 아니고, 그걸 듣고도 '아, 그래도 우리는 중국의 일대일로를 따르니까 용서해 주자.'라고 할까?

당연히 아프리카에서 반중 정서가 어마어마하게 조성되기 시작했다.

물론 당장 그 반중 정서가 뭔가를 하기는 힘들다. 경제적으로 예속된 건 거짓말이 아니니까.

하지만 그것과 별개로 중국 정부는 곤혹스러움을 감출 수가 없었다.

"자네 들었나? 중국 내부에 마스크가 넘쳐 난다는군."

"뭔 소리야? 마스크가 없어서 이거 쓰고 다니는데."

집에서 대충 천으로 만든 마스크를 툭툭 치면서 동료가 말했다.

봉쇄되지 않은 지역은 모든 업무가 멀쩡하게 돌아가고 있으니 출근하지 않을 수도 없고, 출근을 하지 않으면 당장 내일 먹을 음식도 못 구할 판국이다.

"이놈의 밀가루 빵, 지겨워 죽겠네."

이런 공사판에서 제공되는 것은 만두도 아니고 밀가루 빵

두 개와 멀건 국물 한 그릇.

요즘같이 공사판이 줄어든 상황에서는 그마저도 감지덕지다.

"아니, 진짜 몰라? 무려 10억 장이나 되는 마스크가 중국으로 넘어왔다잖아."

"10억 장?"

"그래. 그런데 어디로 갔는지 알 수가 없다는군."

"뭔 소리야, 그게? 뉴스에서 그런 소리는 안 나오던데."

동료가 관심을 가지자 이야기를 꺼낸 남자는 더더욱 목소리를 낮췄다.

"저기 룽이 유튭에서 봤다는군."

공식적으로 중국은 유튭을 막아 두고 보지 못하게 하고 있지만 대부분의 사람들은 우회 프로그램을 깔아서 몰래 보고 있다.

그러다 보니 중국에서 서비스를 하지 않는 유튭이 정작 중국에서 수익이 제일 많이 나는, 눈 가리고 아옹 하는 상황이었다.

"유튭?"

"그래, 아프리카로 갔던 10억 장의 마스크가 그대로 중국으로 넘어왔다는 거야."

"아니, 그럼 그게 다 어디 있다는 거야?"

말도 안 된다.

병원에서조차 마스크를 못 구해서 천으로 얼굴을 가리고

있는 상황이다.

마스크뿐만이 아니다.

소독제나 수술용품도 못 구하는 지옥이 벌어져서 사실상 중국의 의료는 붕괴되었다.

수술할 때도 천으로 된 마스크를 삶아 쓰는 게 병원의 현실이다.

그런데 10억 장이라는 마스크가 이미 중국에 있다고?

"당의 높은 간부들이 쥐고 있는 거 아냐?"

"10억 장을?"

"아, 아닌가?"

10억 장이라는 숫자는 개개인이 들어 보면 어마어마하게 많은 숫자 같다. 그러다 보니 다들 그 사건에 관심을 가질 수밖에 없었다.

"아니, 10억 장이나 쥐고 있으면서 안 푼단 말이야?"

"죽겠네…… 진짜."

하루가 멀다 하고 사람이 죽어 나가는 상황에서 모두가 두려움에 떨고 있었고, 그만큼 마스크에 대한 소문은 **빠르게** 돌기 시작했다.

⚖️

중국 내부에서 소문이 돌자 자연스럽게 중국의 인터넷에

글이 올라오기 시작했다.

그러자 예상대로 중국 정부는 번개 같은 속도로 그 글을 지웠다.

사실 여기까지는 중국 정부나 당이 아니라 그 마스크에 투자한 당원들의 힘으로도 충분한 일이었다.

그럼에도 불구하고 마스크에 대한 글은 지속적으로 올라왔다.

도리어 그러한 삭제에 열 받은 것인지 더더욱 자극적이고 극단적인 내용으로 올라오기 시작했다.

그렇게 유튭을 비롯한 외부 인터넷에서 거의 확신에 찬 글이 계속 올라오자 중국 내부에서 아무리 은폐하려고 해도 결국은 드러날 수밖에 없었다.


-공산당에서 10억 장이나 되는 마스크를 쌓아 두고 자기네들끼리만 쓴다더라.

-공산당은 인구 조절 차원에서 코델을 방치하고 있다더라.

-공산당 내부의 정보원에 따르면 쥐고 있는 마스크를 한 장당 수십만 원씩 주고 팔아먹고 있다더라.


처음에는 소문뿐이었지만 거기에 점점 살이 붙기 시작했다.


-우리 아버지가 이번에 마스크 사 옴. 장당 20만 원 주셨다고 했음.

—미친! 그게 가능함? 애초에 파는 사람이 있기는 함?

—마스크 공장 불나서 생산량이 전혀 없다던데?

—이거 중국 마스크 아님.

누군가 올린 한 장의 인증 사진.

그건 아무리 봐도 중국산 포장이 아니었다.

영어가 인쇄된 포장은 얼마 전 동티모르에서 사라진 마스크들과 동일한 디자인이었다.

—뭐야? 진짜로 중국 내부에 마스크가 있는 거였어?

—거짓말 아니야?

—중국은 이미 마스크가 넘친다. 부족한 게 아니라 쌓아 두고 안 풀어 주는 거다.

소문은 빠르게 퍼져 나갔다.

그리고 그 소식을 들은 샹량핑은 눈을 찡그렸다.

"무슨 말도 안 되는 소리를 하는 건지……."

"말도 안 됩니다. 마스크가 그렇게 넉넉했다면 이미 우리가 풀었지요."

"맞습니다. 이건 서방의 우리에 대한 공격입니다."

"아니, 도대체 10억 장이나 되는 마스크가 사라진다는 게 말이 됩니까?"

샹량펑에게 보고하면서 중린산은 침을 꿀꺽 삼켰다.

다행히 샹량펑도 그런 터무니없는 소문을, 그저 소문으로만 받아들였다.

"애초에 중국으로 왔다는 증거도 없지 않습니까?"

"그러니까 말이오. 이놈들이 우리 중화인민공화국을 뭐로보고."

샹량펑은 이를 박박 갈았다.

안 그래도 기하급수적으로 늘어나는 코델 환자 때문에 머리가 터질 지경이었다.

그런데 이렇게 퍼지는 소문은 안 그래도 불만이 가득한 중국 인민들에게 분노를 품게 하고 있었다.

"이건 가만둬서는 안 됩니다."

"맞습니다. 어떻게 해서든 막아야 합니다."

"하지만 그게 쉽나……."

이미 중국 내부에서 틀어막아 봤다.

하지만 아무리 내부에서 틀어막는다고 해도 외부의 유툽을 비롯한 언론 매체에서 떠드는 것까지 막을 수는 없었고, 더군다나 다른 SNS를 통해서도 빠르게 소문이 퍼지고 있었다.

물론 차단한다고 하긴 하지만 애석하게도 우회 프로그램을 이용해서 외부에 접촉하는 인간들이 너무 많았다.

"이런 말을 하는 놈들을 그냥 놔둘 수는 없습니다. 강하게처벌해야 합니다."

"당 차원에서 처벌책을 마련해 보시오."

"알겠습니다, 주석 동지."

샹량핑에게 보고하고 나온 중린산은 입술이 바짝바짝 말랐다.

'이게 아닌데.'

마스크를 비싸게 팔아서 수익을 내려고 했다.

그런데 생각지도 못하게 마스크를 풀지도 못하는 상황이 되어 버렸다.

당연히 대부분의 마스크는 어디 팔지도 못하고 쌓여 있기만 한 상황.

샹량핑이 몰랐다면 모를까, 알고 있는 상황에서 마스크를 풀면 자신들의 목숨마저도 위험해진다.

그는 다급하게 관련 당원들을 모아서 회의에 들어갔다.

"마스크 판매는 당분간 하지 말아야 할 것 같습니다."

"아니, 그러면 쌓아 둔 마스크는? 어쩌란 말이오?"

"나중에 봉투 갈이라도 해서 판매해야 하지 않겠습니까?"

"봉투 갈이?"

"포장된 봉투 그대로 풀어 버리면 해당 마스크를 빼돌린 게 드러납니다."

"끄응…… 어쩔 수 없지. 당분간은 안전을 위해서라도 마스크의 반출을 막도록 하지요."

"혹시 모르니 군을 동원해서 지키도록 하는 게 어떻습니까?"

다들 고개를 끄덕거렸다.

만일 혹시라도 누군가 그걸 보게 된다고 하면 진짜 일이 커질 테니까.

"그러도록 하지요. 인민 해방군을 동원해서 창고들을 보호합시다."

어차피 중국의 군대는 중국 정부가 아니라 당의 군대다.

즉, 명령권자가 중국 정부가 아닌 당이니 당의 핵심인 이들에게 인민 해방군은 사병 집단이나 마찬가지였다.

"후우…… 일이 어쩌다……."

그들은 왜 일이 이렇게 꼬이는지 머리가 아프다고 생각했다, 진짜 원인은 전혀 모른 채.

⚖

"위치가 확인되었습니까?"

"네, 확인되었습니다. 총 열두 곳에 쌓아 두고 있더군요."

어마어마한 양의 마스크다. 그 안에 추적 장치를 심어 두는 건 어려운 일이 아니었다.

당연히 그렇게 숨겨 둔 추적 장치로 해당 마스크가 있는 위치를 정확하게 알 수 있었다.

한두 개가 아니니까.

"그나저나 이게 진짜 썩은 동아줄이었군요."

"맞습니다. 원래 이게 진짜 썩은 동아줄이었지요."

노형진이 원래 계획한 썩은 동아줄은 마스크가 있는 장소를 공개하는 것이었다.

"이게 공개된다면 당연히 중국 인민 중 일부는 그 사실을 확인하려고 할 겁니다."

"중국 정부 입장에서는 어떤 쪽이든 곤혹스러운 상황이 될 테고요."

"맞습니다."

그 장소를 노형진이 몰래 인터넷에 공개한다? 그리고 중국 인민들 중 일부가 확인한다?

"중국 정부 입장에서는 그동안의 소문이 사실이 되어 버리는 거거든요."

인구 조절 차원에서 코델을 고의적으로 퍼트리고 있다는 황당한 소문.

그 소문이 사실이 되면 공산당의 지지율은 어마어마하게 떨어질 수밖에 없다.

"중국 공산당은 일당독재입니다. 하지만 그렇다고 해서 국민들에게 두려움을 가지지 않는 것은 아니지요."

힘으로 찍어 누르고 있기는 하지만 동시에 국민들에 대해 두려움을 가지고 있는 게 바로 중국 공산당이다.

왜냐하면 아무리 중국 공산당의 힘이 강해도 무려 14억이나 되는 인구를 다 죽일 수는 없으니까.

"지금까지 억눌러 온 만큼 일단 터져 나오기 시작하면 브레이크가 없을 겁니다."

그래서 중국 정부는 사력을 다해서 우민화정책을 쓰고 외부와 단절시키고 절대 국민들이 외부의 사정과 자신들의 치부를 알지 못하게 하면서 필사적으로 충성 교육을 시키고 있다.

"그런데 이런 상황에서 마스크를 은닉한 게 걸린다?"

노형진은 다음 예상이 어렵지 않은 듯 빙긋 웃었다.

"아마 피바람이 불 겁니다. 대응책은 하나뿐이고요."

공산당, 아니 샹량핑 입장에서는 이 분노를 다른 부패 사범들에게 뒤집어씌워야 한다.

그리고 그 부패 사범들은 현재 권력의 핵심 계층이다.

"아마 복잡해지다 못해 머리가 터질 겁니다."

"설사 아니라고 해도 그들의 힘이 빠질 건 당연한 일이고요."

"맞습니다."

무려 90조 원이 넘는 돈을 들여서 사들인 마스크다. 그걸 은닉하고 있다가 걸렸는데 판다?

"중국의 인민들이 터질 겁니다. 그러면?"

안 그래도 질병에 대한 두려움과 상황에 대한 분노가 차곡차곡 쌓이고 있는 상황이다.

"우한만 봐도 지금 중국은 제대로 대처하지 못하고 있으니까요."

우한에서 식량이 부족하자 정부는 다급하게 식량을 공급

하기 시작했다.

그런데 그들은 황당하게도 그 식량 중 돼지고기를 쓰레기 차에 담아서 옮겼다.

그리고 그 사실이 인터넷에 돌면서 난리가 났다.

더군다나 그 돼지고기를 무료로 제공한 것도 아니다.

봉쇄된 도시 내부의 일부 정해진 가게에 공급하고 판매하도록 한 게 현재 중국 정부의 정책이다.

"문제는 그걸 사 먹지 못하는 사람들이 적지 않을 거라는 겁니다."

우한의 다른 이름은 형주. 예로부터 중국의 중요 도시 중 하나로, 당연히 하루 벌어서 하루 먹고사는 일용직 노동자들이 넘쳐 나는 곳이 바로 우한이다.

"그곳을 봉쇄했으니 돈이 없는 사람들은……."

"아사자가 나오겠군요."

"중국 정부에서는 그걸 인정하지 않고 있겠지만요."

하지만 중국에는 어마어마한 숫자의 일용직 노동자들이 있다.

소위 말하는 농민공이라는 이 사람들은 진짜 하루 벌어서 하루 먹고살기도 힘들다.

'그리고 그들이 이번 코델 확산의 주요 원인 중 하나지.'

도시에 봉쇄령을 내리고 사람들의 움직임을 막았지만 그건 어디까지나 주요 도로들을 막은 것뿐이다.

그런데 그 농민공들은 일주일만 쉬어도 굶어 죽을 판국이니 당연히 그 도시를 벗어나고 싶어 한다.

그러니 그들은 다른 길, 즉 산길 등을 통해 주변 도시로 속속 빠져나가고 있다.

우한에 계속 있으면 코델에 걸려 죽든가 굶어 죽든가 둘 중 하나일 테니까.

"그렇게 분노한 사람들을 풀어 주기 위한 방법은 하나뿐입니다."

마스크를 대중에 분배하는 것.

"썩은 동아줄이 끊어질 시간이 된 것 같군요, 후후후."

그들은 자신들도 모르게 스스로 몰락하고 있었다.

⚖

얼마 후 인터넷에서는 정보가 빠르게 왔다 갔다 하기 시작했다.

중국의 공산당원들이 마스크를 어디에 은닉하고 있는지 아주 구체적인 주소가 사람들 사이에 퍼져 나간 것이다.

"이거 사실일까?"

그중 한곳 주변에 사는 융은 친구와 이야기하면서 고개를 갸웃했다.

중국 정부에서는 기가 막히게 빠르게 삭제하고 있었지만

이미 알 사람들은 빠르게 알아내어 캡처한 사진을 공유하고 있었다.

"모르지. 하지만 거기에 엄청 큰 창고 단지 있지 않았나?"

"맞아."

"그러고 보니 얼마 전에 거기에 컨테이너가 엄청 들어가던데."

"네가 그걸 어떻게 알아?"

"거기 들어가려면 우리 회사 앞을 지나가야 하잖아."

하지만 창고가 워낙 외진 곳에 있다 보니 평소에는 거의 움직이는 차량이 없었다.

"그런데 지난번에 컨테이너 차량 수십 대가 그 안으로 들어가더라고, 그것도 몇 번이나. 얼마나 많았는지 땅이 흔들릴 정도였다니까."

그래서 일하다가 이게 뭔 일인가 하고 내다본 적이 있다는 친구의 말에 융은 호기심이 피어올랐다.

"우리 한번 가 볼까?"

"뭐?"

"아니, 가서 봤는데 창고가 빈 거면 뭐 어쩔 수 없고. 혹시나 알아, 진짜 마스크라도 구해 올 수 있을지?"

"하긴, 요즘 마스크 한 박스만 구해 와도 돈 짭짤하게 만지지."

설사 그게 아니라고 해도 자신들이 쓸 수 있는 마스크만 구할 수 있어도 다행이었다.

"일단 가서 팔아 보라고 이야기해 보자."

"그래, 그러자. 뭐, 손해 볼 건 없지."

그들은 단순하게 생각했다, 만일 마스크가 없으면 그냥 돌아오면 된다고.

하지만 현실은 그들의 생각과는 많이 달랐다.

그들이 그날 퇴근 후에 현장에 도착했을 때, 그곳에는 족히 이백여 명의 사람들이 모여 있었다.

"왜 오신 거예요?"

융은 생각보다 많은 사람들을 보고 호기심이 들었다.

"아니, 마스크를 구하면 한몫 단단히 잡을 수 있으니까. 만 장만 구할 수 있으면 진짜 몇 년 치 먹고살 돈이 생기는 건데."

"저는 진짜 있나 궁금해서요."

"인터넷 소문이 사실인가 해서요."

각자 다른 이유로 이곳에 왔지만 그들은 모두 그다지 심각하게 생각하지 않았다.

이만큼 사람이 모여 있으니 누구도 손대지 못할 거라는 자신감도 있었다.

또 무려 10억 장이라고 하니 1만 장쯤 팔라고 해도 문제될 건 없을 거라는 생각도 있었다.

그렇게 해당 창고로 몰려갔을 때, 그들은 생각지도 못한 사람들을 만나게 되었다.

"어?"

"아니, 여기 인민 해방군이 왜 있어?"

"그러게."

인민 해방군이 입구를 지키고 있는 모습에 다들 고개를 갸웃했다.

"여기가 군용지였나?"

"아닌데요. 제가 이 동네에 사는 사람인데 여긴 개인 창고예요. 애초에 이 주변에 군대도 없는데요."

어리둥절하여 말하는 융과 이게 뭔 상황인가 하는 표정을 짓는 사람들.

그들 중 일부는 혹시나 하는 마음에 인민 해방군에게 다가갔다.

"죄송한데 여기에서 혹시 마스크 파나요?"

"뭐?"

"여기 마스크가 엄청 많다는 소식을 듣고 왔는데."

"뭔 소리야? 그런 거 없어. 꺼져."

인민 해방군의 장교로 보이는 남자는 귀찮은 듯 말했다.

애초에 당의 군대인 인민 해방군에 있어서 당원도 아닌 일반 인민들은 관리의 대상이지 보호의 대상이 아니기 때문이다.

"아니, 여기 마스크가 있다는 소문이 있다니까요."

"맞아요. 소문이 파다하게 났어요."

"웃기는 소리 하고 자빠졌네. 꺼져. 안 꺼져?"

"그러면 여기 뭐가 있는데요?"

"내가 어떻게 알아?"

"자기가 뭘 지키는지도 모르고 지킨다는 게 말이 돼?"

"인민 해방군이 왜 여기를 지켜?"

사람들은 점점 의심이 들기 시작했다.

그럴 수밖에 없는 게, 떠도는 수많은 소문 중에는 공산당에서 중국의 인구 관리를 위해 코델이 퍼지는 걸 방치한다는 것도 있기 때문이다.

"설마 진짜로 우리 죽으라고 마스크를 쌓아만 두고 있는 거 아냐?"

"뭐?"

"그게 아니라면 여기를 왜 지키는데?"

"여기는 군사기지도 아니잖아!"

일부 사람들의 분위기가 흉흉해지기 시작했다.

사실 그동안 질병과 여러 가지 경제적 압박으로 불만이 가득할 수밖에 없는 상황이다.

그런데 인민 해방군이 마스크를 통제하려고 한다는 소문이 사실인가 하는 의심은 그들을 예민하게 만들기 충분했다.

그들이라고 해서 코델로 죽고 싶은 생각은 없으니까.

"뭐라는 거야? 안 꺼져?"

인민 해방군의 장교는 그들의 말에 화난 듯 소리를 질렀다.

그렇게 분위기가 살벌해지자 주변에 있던 다른 인민 해방군들이 어깨에 메고 있던 총을 내려서 조준하고 다가오기 시작했다.

"아니, 그러니까…… 우리는 그저……."

총을 보고 움찔한 사람들이 당황하여 말문이 막히는 순간, 가장 앞에 있던 인민 해방군 장교가 선두에 있던 남자의 배를 발로 뻥 차 버렸다.

"으아악!"

"이런 개만도 못한 놈들. 야, 밟아!"

"네!"

그 말과 동시에 병사들이 튀어나와서 사람들에게 개머리판을 휘둘렀고, 선두에 있던 몇몇이 그걸 맞고는 그대로 쓰러졌다.

"으아악."

"도망쳐!"

"어딜 도망쳐, 이 새끼들아!"

탕탕.

일부는 겁이라도 주려고 하는 건지 마구 총질을 해 댔고, 혹시나 하는 마음에 모여 있던 사람들은 다급하게 도망치기 시작했다.

그리고 살짝 겁먹고 뒤쪽에 있던 웅은 그 모습에 다급하게 가장 먼저 뛰었다.

"도망쳐!"

"도망가!"

너도나도 뛰는 그 순간, 융은 누가 등을 강하게 치는 듯한 느낌과 동시에 화끈거리는 느낌을 받았다.

그리고 그대로 앞으로 고꾸라졌다.

"사…… 사람이 죽었다!"

비명을 지르면서 도망가는 사람들.

그리고 생각지도 못한 상황에 인민 해방군 장교는 깜짝 놀랐다.

"뭐야? 누가 쐈어?"

"……."

하지만 누가 쐈는지 알 수가 없었다. 겁을 줘서 쫓아내기 위해 죄다 마구잡이로 총질을 하고 있었으니까.

"이런 씨팔……."

그는 다급하게 융에게 다가가서 일으켜 세웠다.

융의 입에서는 피거품이 흘러나오고 있었다.

"젠장."

피거품이 나온다는 것은 폐가 상했다는 뜻.

융은 어떻게 해서든 숨을 쉬기 위해 헐떡거렸지만 이미 망가진 폐는 제 기능을 하지 못했다.

그렇게 천천히 융의 눈에서 생기가 빠져나가는 걸 본 장교는 혀를 끌끌 찼다.

"씨팔. 아니, 옮긴다면서 차는 언제 오는 거야?"

"한 번에 오겠습니까?"

이미 인터넷에 해당 주소가 공개되었다는 걸 이번에 마스크에 투자한 당원들이 모를 리가 없다.

당연히 그걸 빼돌리려고 준비 중이었다.

하지만 인터넷에 드러난 것과 그걸 빼돌리기 위해 차량을 준비하는 것은 전혀 다른 문제다.

여기에 있는 마스크만 거의 1억 장이고 그걸 옮기기 위해서는 단순 트럭이 아니라 컨테이너를 실을 수 있는 트레일러가 필요했으니까.

여기를 보관 장소로 쓴 이유도 컨테이너째로 보관할 수 있어서였다.

10억 장이나 되는 마스크를 일일이 손으로 내려서 보관할 수는 없기 때문이다.

"빨리 서두르라고 해. 재수 옴 붙었네."

"이 새끼는 어떻게 할까요?"

숨을 쉬지 못하는 융을 바라보면서 누군가 묻자 그는 차갑게 말했다.

"어차피 뒈질 놈이니까 근처에 묻어 버려."

"도망친 놈들은요?"

"입 열면 뒈진다는 거 알 테니까 입 닥치고 있겠지."

민간인을 쏴 죽인 것에 대한 두려움? 걱정? 그런 건 없었다.

자신들은 인민 해방군이고, 자신들이 무력을 쓰는 것에 대한 당위성은 자신들이 만들면 그만이다.

자신들이 보호하는 보호구역에 무단으로 밀고 들어오려고 했다고만 하면 끝날 일이다.

그들의 주장? 도망간 놈들의 주장?

"그러면 우리야 편하지. 추적 안 하고 그 새끼들을 잡아 처넣을 수 있으니까."

입을 나불거리는 새끼들은 잡아다가 반역 혐의로 총살시켜 버리면 그만이다.

지금은 비상 상황이고 자신들은 여기를 지키라는 명령을 받았으니까.

"알겠습니다."

아직 살아 있는 용을 양쪽에서 잡아 질질 끌고 숲 안쪽으로 들어가는 인민 해방군.

"이거 피 좀 치우고. 아니, 씨발. 도대체 트럭은 언제 오는 거야?"

그는 눈을 찡그리며 말했다.

하지만 그는 몰랐다, 그 숲에 가득한 어둠 속에 설치된 카메라가 이쪽을 찍고 있다는 것을.

⚖

"이건 생각도 못 한 일인데……."

노형진은 영상을 보고 혀를 끌끌 찼다.

사실 이미 위치는 알고 있었고 그 근처에다가 몰래 카메라를 설치하는 건 어려운 일이 아니었다. 보안을 위해서인지 주변에 인적이 없는 창고를 사용했으니까.

경비를 서는 인민 해방군도 입구만 지키는 수준으로 경비를 섰으니, 좀 떨어진 곳에 카메라를 설치하는 건 간단한 일이었다.

그들 입장에서는 작은 물건도 아니고 커다란 컨테이너를 훔쳐 갈 놈이 담 넘어서 오지는 않을 거라 생각했던 것이다.

"그런데 민간인 사살이라……."

사실 이후가 문제다.

민간인 사살 이후에 그들은 민간인을 끌고 화면 밖으로 사라졌다.

그 후에 어찌 되었을지는 어렵지 않게 알 수 있었다.

그리고 다섯 시간 뒤. 어마어마한 숫자의 트럭들이 와서 컨테이너에 실린 마스크들을 가지고 현장을 벗어났다.

"군대를 동원해서 지키는 건 이해가 가는데…… 민간인 사살이라……."

로버트도 충격을 받은 모양인지 물끄러미 화면만 바라보고 있었다.

하긴, 미국인인 로버트에게 있어서 군대란 민간인을 보호하기 위해 존재하는 집단이다. 그런데 군대가 민간인을 살해

한 데다 그걸 그리 신경 쓰지도 않으니 그에게는 충격적인 모습으로 다가올 수밖에 없었다.

노형진은 아무래도 중국의 실체를 모르는 로버트에게 다시 한번 설명해 주기로 했다.

"애초에 인민 해방군에 있어 중국 인민은 보호 대상이 아니니까요."

인민 해방군이라고 불리지만 정작 그들의 보호 대상은 인민이 아니라 당이다. 그러니 저런 문제를 덮는 건 일도 아닐 것이다.

"하지만 왜…… 이 상황이 이렇게 조용한 겁니까?"

"미국이라면 난리가 났을 겁니다. 아마 전 언론이 씹어 대고 있겠지요. 하지만 중국은 다릅니다."

어찌 되었건 화면에 비친, 인민 해방군이 지키는 곳에 밀고 들어가고 싶어 하는 사람들은 민간인들로 보였다.

물론 선공한 건 인민 해방군이지만 말이다.

"이런 상황에서는 중국에서 그들이 반역자들이라고 하면 끝입니다."

"반역요?"

"네, 간단한 문제죠."

그냥 반역자들이 군사 지역에 들어가려고 했고 군대가 발포했다고 하면 문제 될 게 없다.

"저기는 군사 지역이 아니지 않습니까?"

"그걸 어떻게 압니까?"

"네?"

"군사 지역이라는 건 보안 대상입니다. 그건 들어오지 말라는 의미도 되지만 외부에 드러내서는 안 된다는 의미도 됩니다."

실제로 대한민국 부대도 우편물 같은 건 사서함으로 받는다. 위치를 드러내지 않기 위해서다.

부대 명칭도 군대에서는 무슨 부대 1대대 2중대라는 식으로 호칭되지만 외부에서는 2342부대라는 식으로 숫자로 부른다.

"군부대는 위치 자체가 보안입니다."

즉, 저들이 여기가 군부대 관리 지역이라고 말하면 아무도 그걸 부정할 수는 없다는 소리다.

"그래서 저들이 저렇게 조용한 겁니까?"

"네, 아마 그럴 겁니다."

현장에 있었던 사람들의 숫자는 족히 이백 명은 되었다.

하지만 사람이 죽은 걸 봤으니 그들은 철저하게 입을 다물 것이다. 누구도 자신들을 보호해 주지 않을 걸 아니까.

"더군다나 지금 중국 상황을 보세요."

"하긴…… 그렇군요."

중국의 봉쇄 이후에 내부 사정을 외부에 알리려고 하던 사람들은 하나같이 실종되었다. 공산당의 중국 인민 통제는 기본적으로 공포정치니까.

그런데 과연 누가 입을 열까. 보호는커녕 목이 날아갈 걸 아는데?

'거참, 웃기다니까.'

중국의 국가에는 '일어나라! 노예가 되고 싶지 않은 자들이여!'라는 가사가 있다.

그런데 정작 중국 공산당은 누구보다 자국민을 노예로 만들고 싶어 한다.

"일단 중요한 건 이 사건을 이용하는 것이지요."

"인터넷에 올릴 생각이시군요."

"네. 원래는 어마어마한 양의 마스크만 찍어서 올릴 생각이었습니다만……."

그걸 보면 중국 인민들은 들고일어날 수밖에 없다.

안 그래도 불만이 팽배한 상황에서 그 불만을 막기 위해서라도 중국 정부는 피바람을 불러일으켜야 한다.

"하지만 사람이 죽고 인민 해방군까지 관련되었으니."

시기도 절묘하다.

사람이 죽은 후에 몇 시간 있다가 어마어마한 숫자의 트럭이 와서 마스크들을 모조리 싣고 움직였다.

"진실은 어떻든 간에, 사람들의 눈에는 마스크가 외부로 반출되는 걸 막기 위해 인민 해방군이 빼돌리는 걸로 보일 겁니다."

그것도 살인까지 해 가면서 말이다.

카메라에 음성 녹음은 없으니 당연히 상황만으로 판단해

야 하는데, 보이는 상황이 딱 그랬다.

"일이 재미있게 굴러가는군요."

노형진은 영상을 보면서 미소를 지었다.

썩은 동아줄을 내려 준 건 자신이지만 중국이 그 아래에 스스로 죽창까지 깔아 가면서 자폭해 줄 줄은 몰랐으니까.

"아마 중국에는 대혼란이 올 겁니다, 후후후."

⚖

얼마 후 인터넷에 '중국 공산당의 진실'이라는 영상이 올라왔다.

중국 공산당은 이미 어마어마한 양의 마스크를 쟁여 두고 있으나 인구 관리 차원에서 고의적으로 코델이 퍼지도록 두고 있다는 내용의 영상이었다.

문제는 그 영상은 단순히 그런 주장을 하는 것으로 그치지 않고 그걸 뒷받침할 만한 장면을 첨부했다는 것이다.

마스크 관련해서인지 어째서인지 알 수는 없지만 항의하는 사람들. 그리고 그들에게 먼저 공격을 가하는 인민 해방군.

인민 해방군의 공격에 도망가는 사람들과 그 뒤로 총질하는 모습, 그리고 총을 맞은 사람을 끌고 숲으로 사라지는 인민 해방군의 모습과 몇 시간 뒤에 몰려온 트럭들이 어마어마한 양의 마스크들을 가지고 사라지는 모습까지.

그걸 보면 정말로 마스크가 없는 게 아니라 고의적으로 풀지 않는 것처럼 보였다.

그리고 가장 큰 문제는 거기에 인민 해방군이 끼어 있다는 것이었다.

인민 해방군은 사병처럼 운영하는 당의 군대이기에 당에서는 문제가 없다고 생각하지만, 대부분의 사람들은 인민 해방군이라고 하면 중국군이라고 생각한다.

즉, 중국의 공식적인 군대이고 국가의 명령에 따라 움직인다고 생각한다는 거다.

물론 중국이 공산당의 소유물인 것은 사실이나 그건 엄밀하게 말하면 다르다.

당연히 잘 모르는 사람들은 이 모든 일이 중국 정부의 명령에 따른 것이라고 생각할 수밖에 없었다.

영상이 인터넷에 올라간 지 하루도 지나지 않아서 샹량핑에게 보고가 올라갔고, 다시 이틀이 더 지나기 전에 샹량핑의 눈앞에 피를 철철 흘리는 중린산이 끌려왔다.

"중린산…… 이게 뭔 짓이지?"

그의 눈앞에 던져진 사진.

사진에는 고문으로 만신창이가 된 그 당시 인민 해방군 장교의 모습이 담겨 있었다.

"무려 10억 장이나 되는 마스크를 감춰 두고 나를 엿을 먹여?"

"주, 주석 동지…… 오해입니다. 진짜 오해입니다. 저희는 어디까지나 충성을……."

"충성? 충성? 지금 인민들의 분노를 보면서 충성이라는 말이 나와?"

중국의 인민들이 공산당의 힘에 눌려서 살고 있기는 하지만 그렇다고 해서 공산당이 그들이 못 버틸 정도로 찍어 누르지는 않는다.

만일 인민이 진짜 터지기라도 하면 그때는 다른 나라처럼 수천 명이 아니라 수십만 단위로 죽어 나가야 문제가 해결될 나라가 바로 중국인 데다, 미국이나 서방에서 작심하고 그런 자들에게 무기를 공급하기 시작하면 내전으로 갈가리 찢겨 나갈 상황이니까.

그런데 그런 나라에서 전 인민들이 들고일어나기 직전이다.

마스크는 산더미처럼 쌓여 있는데 일선에서는 한 장 구하는 것도 힘들고, 의사들은 마스크를 구하지 못해서 병으로 죽어 나갔으며, 대부분의 지역에서 의료 시스템이 붕괴된 상황이다.

그 꼴을 보면서도 인민들이 분노하지 않는다면 중국 공산당 입장에서는 완벽하게 중국을 지배한 것이 되겠지만, 애석하게도 사람이라는 게 이 꼴쯤 되면 분노하지 않을 수가 없다.

"이런 미친 새끼!"

주석이라는 자리에 있음에도 불구하고 샹량펑은 중린산에게 다가가서 발길질을 날렸다.

무릎을 꿇고 있던 중린산은 그 발길질에 나가떨어졌다.

하지만 누구도 그를 일으켜 세워 주거나 하지는 않았다.

"당장 끌고 나가. 모조리 총살…… 아니다. 제대로 재판하는 거 보여 주고, 총살시켜!"

극도로 흥분한 인민들의 분노를 풀어 주기 위해서는 희생양이 필요하다. 그리고 샹량핑은 이들을 희생양으로 삼을 생각이었다.

재판? 하기는 할 거다.

하지만 그건 어디까지나 인민들에게 보여 줄 요식행위이고, 속전속결로 진행될 재판 끝에 이들이 맞이할 미래는 총살뿐일 것이다.

"재산 전부 압류하고 마스크는 전량 압수해서 인민들에게 제공한다!"

"알겠습니다."

"끌고 나가!"

"살려 주십시오! 주석 동지! 주석 동지!"

중린산은 그제야 뒤늦은 후회를 하면서 살려 달라고 비참하게 외쳤지만 이미 화가 머리끝까지 난 샹량핑에게는 전혀 닿지 않는 말이었다.

"망할…… 이 상황을…….”

안 그래도 통제되지 않는 코델 시국이다. 그리고 여러 가지 문제로 중국 내부의 기업들이 이탈하고 있는 상황.

이미 최악의 상황이라 더 떨어질 곳도 없을 거라 생각했는데 최측근이라는 작자들이 이런 짓거리를 하는 바람에 인민들의 분노가 하늘을 찌르고 있었다.

"이걸 어떻게 찍어 누르지……."

샹량핑은 머리가 아파서 죽을 것 같았다.

그러나 그 고민은 쉽게 해결될 만한 게 아니었다.

"중국이 혼란 정국으로 들어갔다고 합니다."

"그게 썩은 동아줄이 노린 겁니다. 이제 중국은 윗대가리가 일시적으로 없는 셈이니까요."

주요 핵심 당원들이 한꺼번에 모가지가 날아가게 생겼다.

그들이 갑자기 사라져서 그 자리를 누군가 채워야 하니 파벌들끼리 그 자리를 차지하기 위해 개싸움을 시작할 건 당연한 일이다.

"그리고 그들이 개싸움을 할수록 중국은 더 혼란으로 치달을 겁니다."

물론 방역도 제대로 되지 않을 것이다.

당연히 경제적인 몰락은 가속화될 테고, 기업들의 이탈 역시 마찬가지일 것이다.

'아마 이번 생에서는 회귀 전과 다르게 힘이 많이 빠질 거야.'

특히나 인민들의 지지를 받지 못하는 상황이 되면서 타격이 클 게 확실했다.

"썩은 동아줄이 끊어졌으니 제법 크게 다치겠군요."

"그러겠지요."

물론 이 정도로 중국이 무너지거나 흔들리지는 않을 것이다.

중국이 찍어 누르는 힘은 생각보다 강하고 수십 년간 계속 이어진 세뇌 교육은 어마어마하니까.

하지만 그들의 힘이 빠진 만큼 한국이 성장할 기회는 더 많아진다.

"그런데 말입니다, 미스터 노."

"네?"

"너무 많은 기업이 인도로 빠지는 거 아닙니까? 물론 인도가 중국의 대체재로 괜찮다고는 생각합니다만…….."

로버트는 진심으로 걱정된다는 듯 물었다.

"하지만 인도가 또 다른 중국이 될까 걱정됩니다. 물론 오랜 시간이 지나야겠지만요."

"음……."

노형진은 씩 하고 웃었다.

확실히 인도는 자존심이 강한 나라 중 하나이며 중국과 비슷한 인구를 가지고 있다.

그동안은 중국에 비해 낮은 학력과 여러 가지 문제로 인해 공장 진출이 늦어졌지만, 노형진의 인도 지역의 근로자 교육 때문에 많은 기업들이 그쪽으로 넘어가고 있으니 성장할 게 확실했다.

"아, 뭐 그건 걱정하지 않으셔도 됩니다. 인도는 절대 중국처럼 되지 못합니다."

"못한다고요? 안 되게 하는 게 아니라요?"

로버트는 노형진의 말에 고개를 갸웃했다.

물론 그렇다면 자신들로서는 이득이기는 하지만, 노형진이 이렇게까지 확신하는 이유를 알 수가 없었다.

"왜 그런가요? 이해가 안 갑니다만."

"추구하는 바가 다르니까요."

"추구하는 바가 달라요?"

"네. 중국은 옛날부터 돈이 우선이었지요."

아주 오래전부터 중국은 오로지 돈과 이익만을 따라 왔다.

그래서 이익을 얻기 위해서는 무슨 짓이든 해도 된다는 마인드를 가지고 있다.

애초에 한국에서 중국인을 비하하는 말인 짱깨는 짜장면에서 유래했다고 생각하는 사람들이 많지만, 정확하게는 중국어로 가게 주인을 뜻하는 장궤가 변화되어서 나온 말이다.

그리고 그 장궤는 정확하게는 가게의 돈궤를 관리하는 사람이라는 의미였고 말이다.

그만큼 중국인의 돈에 대한 집착은 어마어마하다.

그런 본질을 모르고 전 세계가 중국을 키워 준 거다.

"그런데 왜 인도는 그게 안 되었을까요? 사실 중국의 인건비가 엄청나게 오른 건 사실인데 왜 기업들이 훨씬 인건비가 싼 인도로 넘어가지 않을까요?"

"흠…… 일부는 넘어가지 않았던가요?"

"물론 그것도 맞습니다. 하지만 중국에 비해 훨씬 싼 인건비를 생각하면 너무 적은 숫자만 넘어갔지요."

"글쎄요. 인프라 때문인가요?"

"인프라는 인도에 부탁하면 만들어 줍니다. 인도도 투자받기 위해 많이 노력했으니까요."

"흠……."

그동안 경제 전문가로서 여러 가지를 분석했지만 기업들이 인도로 가지 않는 이유에 대해서는 그다지 생각해 본 적이 없었던 로버트는 고개를 갸웃했다.

물론 경제적 문제를 따지기 시작한다면 여러 가지 문제가 있는 것도 사실이다. 인도는 여러모로 주먹구구식으로 운영되는 나라 중 하나니까.

하지만 노형진은 경제적인 부분을 물어본 게 아니었다.

"저는 인도의 종교가 문제라고 생각합니다."

"종교? 카스트제도 같은 거 말입니까?"

노형진은 고개를 흔들었다.

한국 교육에서는 인도가 발전하지 않는 가장 큰 문제로 카스트제도를 꼽곤 한다.

그런데 그건 반은 틀리고 반은 맞는 말이다.

"카스트제도는 이미 법적으로 사라졌습니다."

"하지만 여전히 존재하지요."

"그래서 제가 일부라고 말하는 겁니다. 인도의 가장 큰 문제는 바로 종교거든요. 그리고 그 종교의 한 영역이 카스트 제도이고요."

"이해가 안 가는데요?"

"인도에서는 현생이 다음 생을 위해 죄를 씻는 과정이라고 생각합니다."

"네?"

"간단하게 말해서, 다음 생에 잘 살고 싶으면 지금 생에서 정해진 길을 벗어나기 위해 몸부림치면 안 된다는 거죠."

전생에 악독하게 살았으면 현생에 불가촉천민이나 불가시천민으로 태어나고, 전생에 착하게 살았으면 지배 계층인 크샤트리아 계급이나 브라만 계급으로 태어난다는 종교적 믿음.

그로 인해 이번 생에서 죄를 씻어 내기 위해 정해진 길에서 고통을 받아야 내세에는 좋은 계급이 된다는 그들의 믿음.

"그게 현재 인도의 가장 큰 문제입니다. 정해진 계급에서 벗어나면 안 된다, 노력해서도 안 된다, 정해진 일만 해야 한다."

"그런…… 면이 있었습니까?"

"경제적인 부분이 아니라 종교적 부분이니 대부분은 모르지요. 애초에 그런 문화는 다른 나라에도 많습니다. 일본에도 그런 문화가 있었지요."

"일본에요? 일본은 전혀 몰랐는데, 그런 문화가 있다고요?"

로버트는 깜짝 놀랐다.

일본은 전 세계에서 가장 발전한 나라 중 하나가 아니던가? 그런데 그런 문화가 있다니.

"네. 다만 다른 점이 있는데, 그건 바로 인도가 종교적인 이유인 반면 일본 같은 경우는 신분이나 사회적인 문제라는 것이죠."

"사회적인 문제요?"

"네. 일본이 장인 정신이라고 자랑하면서 200~300년 된 가게를 자랑할 수 있는 건 진짜로 장인 정신이 있기 때문이 아닙니다. 그거 말고는 하면 안 되었거든요."

일본의 신분제는 너무 확고해서, 자신의 신분을 높이려고 시도하는 행위 자체가 처형 대상이었다.

그런데 이 신분에 대한 극단적인 제한이 직업에도 적용되었다는 게 문제다.

가령 한 지역의 부모가 어떤 직업을 가지고 있는데 자식은 다른 직업을 가지고 싶어 한다?

현대에서는 그게 당연한 일이고 별반 이상할 것도 없는 일이지만, 과거의 일본에서는 아니었다.

자식이 다른 직업을 가지고 싶다고 해도 그 사회에서는 이미 그 직업을 가지고 있는 사람이 있으니 그것 자체가 그 사람에게 민폐를 끼치는 셈이라고 봤다.

문제는 그 당시에 그렇게 지역에 혼란이 오게 하는 경우

일본의 영주들이 가차 없이 목을 쳐 버릴 수 있었다는 거다.

당연히 직업을 바꾸는 건 즉 목숨을 걸어야 하는 행위다 보니 수백 년 동안 가업이 이어질 수밖에 없다.

"그건 여러모로 편했지요."

신분제가 흔들리지도 않았고, 그 시절에 노예나 다름없던 지역민들이 이주할 가능성도 막을 수 있었다.

다른 곳으로 이주하면 이미 거기에 같은 일을 하는 사람들이 있을 테니 그들의 영역을 침범한 이주민의 목을 현지 영주가 쳐 버리는 게 이상하지 않으니까.

"차이점은 일본이 현대화되면서 그런 문화가 많이 사라졌다는 거죠. 인도 같은 경우는 종교이다 보니까 그게 사라지지 않았던 거고요. 하지만 그 때문에 인도는 성장하는 데에 아주 오랜 시간이 들 겁니다."

"이제야 왜 그런지 알겠군요."

인구가 많으면 뭐 하나, 그들이 좋은 일자리를 얻어 많은 돈을 벌려고 노력하지 않을 텐데?

그들은 정해진 교리에 따라 정해진 길만을 가려고 한다.

그래야 다음 생에서 크샤트리아나 브라만 계급이 될 수 있으니까.

"지금 우리가 인도에 세운 공장 지대에 찾아오는 사람들은 최하층이지만 동시에 그러한 시스템에 불만을 가진 사람들입니다. 사실 카스트제도라는 게 대다수 힌두교인들의 종교적 관점일 뿐 다른 종교인들은 받아들이지 않거든요. 우리에게 오는 대부분의 사람들이 후자고요."

당연히 배우고자 하는 열의가 있으니 훨씬 잘 배우고 훨씬 잘 일한다.

"하지만 그 숫자는 인도의 전체 인구를 기준으로 본다면 아주 일부일 뿐이지요. 어찌 되었건 인도의 주력 종교는 힌두교니까요."

즉, 그들이 돈을 벌고 좋은 집에 산다고 해도 인도가 갑자기 중국처럼 글로벌 파워를 자랑하면서 힘으로 찍어 누를 수는 없다는 거다.

어느 정도 세상에서 인도의 네임 밸류를 올릴 수야 있겠지만, 그렇다고 해서 근로하는 사람들의 수백 배는 족히 될 만한 하층민 문제가 갑자기 사라지지는 않을 거라는 소리다.

"인도는 필연적으로 성장에 브레이크가 걸릴 겁니다."

그리고 그런 분위기가 사라지려면 최소한 100년은 지나야 할 것이다. 종교적 교리란 결코 쉽게 사라지는 것이 아니니까.

"그러니 그들이 갑자기 성장한다고 해서 패권국이 되기는 힘들 겁니다."

노형진의 말에 로버트는 혀를 내둘렀다.

"그러면 당분간은 우리 계획대로 하면 되겠군요."

"네, 이제는…… 살아남는 일만 신경 써야겠습니다."

노형진은 절로 한숨이 나왔다.

이런 신발

"이런 신발."

죽은 아이를 내려다보면서 김정기 형사는 입술을 깨물었다.

죽은 아이는 곱게 씻겨 있었고 새 옷을 입고 있었다.

그리고 그 아이의 가슴에는 신발이 한 짝이 외롭게 놓여 있었다.

검은색 아동용 구두.

그걸 보면서 김정기 형사는 욕이 올라오는 걸 참지 않았다.

"이런 씨발."

다른 형사 역시 그런 아이를 보면서 이를 뿌드득 갈았다.

"김 형사님, 이거 너무한 거 아닙니까? 지금 피해자가 몇 명째인데⋯⋯."

"후우, 씨발. 검새 새끼들."

김정기도 이를 뿌드득 갈면서 몸을 돌려서 현장에서 벗어났다.

그리고 뒤에서 수사를 지휘하는 반장에게 향했다.

"박 반장님, 위에다 말 좀 해 봐요. 이 개 같은 검사 새끼 좀 자르라고요."

"야, 개 같은 검사 새끼라니. 수사는 우리 책임이야."

"누가 뭐랍니까? 그러면 제대로 지원이나 해 주든가!"

김정기가 화를 내는 이유는 간단하다.

연쇄살인. 그것도 아동을 대상으로 하는 연쇄살인이 일어났기 때문이다.

우선 살인범은 아이를 납치해 죽인 후에 곱게 씻기고 새로 옷까지 입혀서 이렇게 버려둔다.

그리고 그 위에 버려진 신발 한 짝을 올려 두는데, 이게 참 고약하다.

그도 그럴 것이 매번 올려 두는 신발 한 짝이 지난번 희생자의 신발이기 때문이다.

지난번 희생자의 신발을 그 위에 올려 둠으로써 자신이 했다는 일종의 트레이드마크로 삼는 거다.

"벌써 아홉 명째입니다. 아니, 열두 명이겠네요, 못 찾은 시신까지 합하면."

김정기가 화를 내는 이유는 간단했다.

찾은 시신만 9구. 그리고 신발을 순서대로 놓는데, 짝이 맞지 않아서 찾지 못한 시신까지 감안하면 3구의 시신이 발견되지 않았다.

"그런데 검사라는 새끼가 연쇄살인인 건 알고 있어요?"

"모르겠냐?"

"그런데 일을 이따위로 처리합니까?"

희생자가 벌써 열두 명이라고 예상되는 상황이다. 그런데 검찰에서는 제대로 수사를 지원해 주지 않고 있다.

그래서 김정기가 화가 난 것이다.

"뭔 소리를 하는 거야? 우리는 수사, 검사는 판단이잖아. 야, 검사 새끼들은 그냥 행정직이야."

"알아요. 압니다. 그러면 그 업무를 잘 봐야 할 거 아닙니까? 우리가 현장에 나와 달래요, 검시하는 데 와 달래요? 아니면 우리랑 같이 발로 뛰어 달래요? 당장 수사 지원도, 영장 발부도 제대로 안 해 주니 이러는 거잖아요."

"야, 판사들이 코델 때문에 일을 안 하는데 어쩌라고. 법원이 전부 멈춘 거 몰라?"

"우리는 뭐 코델이 안 무섭답니까?"

"나도 모르겠다, 씨발."

조사를 위해서는 영장이 필요하고 영장을 받기 위해서는 판사들이 협조해 줘야 하는데, 판사도 검사도 자기 몸을 챙기느라 바쁘다.

아무리 코델 시국이라지만 이런 사건을 알아서 하라는 게 말이나 되느냐 말이다.

"검사들…… 후우, 씹……."

김정기는 분노로 부들부들 떨었다.

"차라리 오 검사에게 찾아가서 따로 부탁하겠습니다."

"뭐? 안 돼! 야, 미쳤어?"

"그러면 제대로 일이나 하든가요!"

김정기의 분노에 찬 목소리가 현장에 울려 퍼졌다.

하지만 누구도 그런 김정기를 말리지 않았다.

다들 비슷한 마음이니까.

"오광훈 검사가 알면 현 검사님이 불편해한단 말이야, 월권이라고."

"지랄. 지 목숨 날아갈 게 두려워서 지랄하는 거겠지요."

김정기는 이를 뿌드득 갈았다.

"내일 오 검사님 찾아갈 테니까, 검사 새끼한테 보고하시든 말든 마음대로 하세요."

그 말에 반장은 곤혹스러운 표정을 짓는 것 말고는 할 수 있는 게 없었다.

⚖

다음 날. 오광훈은 갑작스럽게 찾아온 김정기 형사의 말에 깜짝 놀라서 되물었다.

"그런 일이 있었습니까?"

"네, 지금 상황이 지랄 같아요. 최소 열두 명입니다. 최소 열두 명. 그런데 검사 새끼가……."

"흠…… 이해가 안 가는데요."

최소 열두 명의 아동이 사망한 사건이라면 검사가 그걸 쉬 쉬할 이유가 없다.

그 정도면 검사 한 명이 아니라 특별 합동 수사본부 같은 걸 만들어서 규모를 키워야 한다.

"혹시 그 검사가 누군지 이름을 알 수 있을까요?"

마침 같이 있던 노형진이 김정기에게 슬쩍 물었다.

그가 생각해도 이건 말도 안 되는 소리니까.

"반정상 검사입니다."

"반정상? 누구지?"

노형진은 고개를 갸웃했다.

노형진이 모든 검사를 아는 것은 아니다. 그러나 유명한 사람들은 다 안다.

그런데 반정상 검사라는 사람은 처음 들어 봤다.

"반정상……. 아, 기억나. 나 그놈 별로던데."

"누군데?"

"작년에 임용된 놈이야. 그런데 지켜본 바로는…… 좀 싸 하달까?"

"싸하다니?"

오광훈은 좀 눈치가 없는 편이다. 그런데 그런 그가 싸하다고 할 정도면 정말 문제가 있다는 소리다.

"뭐, 사이코패스 그런 거?"

"응? 아니, 그런 건 아니고, 일에는 관심이 없고 정치질에만 관심 있는 타입 같더라고."

"정치질?"

"그래. 뭐 소문으로는 높으신 분들을 만나러 다니고, 뿌리는 선물도 매달 천 단위가 넘는다고 하기도 하고."

"뭐? 아니, 뭔……."

노형진이 어이없어하는 사이 오광훈은 잠시 자기 자리로 가서 인명부를 확인하더니 고개를 끄덕거렸다.

"맞네, 반정상 검사. 작년에 검사가 됐고, 원래는 법무 법인 신왕 소속이었고."

"응? 그러면 뭐야? 로스쿨 출신이라는 거잖아?"

"맞지."

"이런 씹……."

노형진은 대충 상황이 그려져서 한숨을 쉬었다.

"왜 그래?"

"아니, 부작용이 튀어나온다 싶어서."

"뭔 부작용?"

"사법시험이 사라졌잖아. 검사와 판사를 어떻게 뽑겠냐?"

노형진은 쓰게 웃으며 말했다.

"이제는 다 로스쿨 출신을 뽑지."

로스쿨 출신이 검사가 되는 방법이 세 가지가 있다.

하나는 졸업 직전에 딱 한 번 시험을 보는 것이다.

5학기 종료 시점에 공고가 뜨는 시험을 보고 검사가 되는 거다.

다른 하나는 학교 재량으로 추천을 받아 성적 우수자로 임용 면접과 시험을 치르는 것.

마지막 하나는 변호사로 일하다가 경력 검사 임용으로 들어가는 것.

사법시험이 사라지고 검사들을 뽑던 사법연수원 역시 사라지면서 그런 방식이 생긴 것이다.

"개 같네. 늑대를 피하려다가 호랑이 굴에 들어간 것도 아니고."

노형진의 말에 오광훈과 김정기는 고개를 갸웃했다.

"그게 문제야?"

"문제지. 아주 문제지. 그래서 내가 원래 로스쿨을 반대한 거야. 엄밀하게 말하면 로스쿨과 별개로 사법시험을 존치시켰어야 했다고 생각하는 거지만."

혀를 끌끌 차던 노형진은 긴 한숨을 내쉬며 말했다.

"일단 학생 신분으로 5학기, 그러니까 3학년 때 붙었다고 쳐. 그러면 대기업들이 관리를 안 하겠니?"

"아……."

원래 사법연수원 출신을 뽑을 때도 검사들에게는 대기업이 찰싹 붙어서 관리했다.

"하지만 그때는 신분이 공무원이기라도 했지."

사법연수원에서 연수받을 때는 공무원이라 내부에서 공무원의 품행에 대해 계속 세뇌에 가까운 교육을 한다.

그리고 스스로 공무원이라는 생각이 있어서 그들의 접근을 조심하는 부분도 있다.

까딱 잘못해서 받아 처먹으면 그날로 모가지가 날아가니까.

"하지만 이제는 아니잖아."

로스쿨은 3년 6학기로 되어 있고, 시험이 끝난 후에는 짧은 연수 이후에 검사로 배정된다.

그러다 보니 시험 끝나고 졸업한 이전과 연수받기 직전의 짧은 시간, 그 시간에 접근하는 게 아주 쉽다.

"하얀 도화지에 물감을 칠해 두면 그걸로 끝이지 뭐."

받아 처먹은 돈을 토해 내거나 자수하지는 못하니 그때는 검사가 아니라 그냥 정치판 놈이 되는 거다.

"두 번째의 경우는 그나마 나은 건데."

추천해 주는 교수들도 생각이 없는 건 아닐 테고, 애초에 그렇게 추천받아서 두 번째 기회를 잡는 사람들의 실력은 최소 상위 10%에 들어가니까.

"세 번째가 최악이지. 보니까 반정상? 그놈은 세 번째 타입이네.”

세 번째, 변호사로 일하다가 경력직으로 들어오는 것.

보통은 3년에서 5년 사이의 경력을 가진 사람들을 검사로 임용한다.

“그게 왜 문제야?”

“이건…… 나 때문이라고 해야 하나…….”

머리를 긁적이는 노형진.

그럴 수밖에 없다. 원래 역사에서는 이런 일이 없었으니까.

최소한 심각하게 알려져 있지는 않았다.

“스타 검사. 그게 문제지.”

“스타 검사?”

“그래.”

노형진이 실력 좋고 바른 사람들 위주로 밀어주면서 내부에서 실력을 키워서 세를 늘리도록 한 스타 검사.

“그런데 그걸 본 다른 변호사 사무실들이 같은 생각을 안 하겠냐?”

“아…… 씨발. 그러네. 그 뭐냐, 〈무겁도〉? 그 영화처럼?”

“〈무겁도〉가 아니라 〈무한도〉다.”

〈무한도〉. 오래된 홍콩의 영화다.

범죄 조직에 의해 경찰로 키워진 남자와 반대로 경찰에 의해 범죄자로 키워진 남자의 대결을 그린 이야기로, 영화 속 각 조직은 내부에 사람을 심어서 스파이로 쓰기 위해 그런 일을 했었다.

"그러니까 스타 검사를 따라 한다는 건가요?"

"네, 뭐, 그런 거죠. 이건 성공하면 대박이니까."

스타 검사를 따라 해서 성공하면? 그때는 로또에 당첨된 거나 다름없다.

검찰 내부의 정보를 마음대로 빼낼 수 있고, 운 좋으면 검찰을 지배할 수도 있다.

"새론은 안 그러잖아. 새론은 협력자 관계 아냐?"

"우리는 협력자 관계지. 하지만 어딜 가나 빛이 있으면 어둠이 있는 법이야."

과연 대형 로펌에서 그냥 협력자 관계에 만족할까, 검찰 내부에 스파이를 심을 수 있는 기회인데?

"더군다나 실패해도 손해는 없으니까."

스타 검사가 된다면, 그래서 유명해진다면?

그들이 권력투쟁에 밀려서 옷을 벗는다고 해도 변호사로서 유명한 상태로 시작할 수 있다.

당연히 그들은 돈이 된다.

"실력이 없는 게 아니고요?"

"전자라면 모를까, 후자는 실력이 없다고 보기는 힘들지요."

전자, 즉 학생 시절에 시험을 보고 짧은 연수를 거친 후에 임용되는 경우는 실력이 없을 가능성이 분명 있다.

시험은 암기일 뿐 문제 해결책은 아니니까.

더군다나 로스쿨 시절처럼 연수 기간이 긴 것도 아니라서 수사와 관련된 스킬 같은 걸 배울 수도 없다.

말 그대로 행정직 공무원이다.

"하지만 경력직이라면 그동안의 실력을 가지고 판단하니까."

시험을 아예 안 보는 건 아니지만 실적을 보고 판단해서 임용을 결정한다.

즉, 실력 없는 놈은 애초에 검사 임용이 불가능하다는 소리다.

"소문이라지만 한 달에 선물값으로만 천만 원씩 쓴다는 소리가 돌 정도라면 그 돈이 어디서 나오는 거겠어?"

당연히 법무 법인에서 몰아주고 있을 게 뻔하다.

"이런 씹⋯⋯. 그런데 왜 우리 수사를 이따위로 무시한답니까?"

사망자가 벌써 열두 명인데 말이다.

"희생자 애들의 신분은 드러났지요?"

"여덟 명은요."

아직 추정 사망자 세 명은 못 찾았고, 한 명은 어제 찾아서 확인 중. 나머지 여덟 명은 신분이 드러났다.

"뭐, 그다지 힘 있는 집안 애들은 아닐 테고."

노형진은 그렇게 말하고는 쓰게 웃었다.

"기호지세일 겁니다."

"기호지세?"

"네, 호랑이 등에서 내려올 수가 없는 거죠."

아마 처음에는 그냥 단순 살인이나 귀찮은 사건으로 인식했을 것이다.

그들의 목적은 정치질을 통한 승진이지 스타 검사처럼 실적을 통한 홍보와 승진이 아니니까.

그러니 어린아이가 죽었다 해도 그저 귀찮은 사건일 뿐이다.

더군다나 힘없는 집안의 아이들이라면 아예 관심 밖으로 밀려날 테고 말이다.

"그러다가 사건이 커지니 아차 싶었던 거죠. 이 사건이 커지면 자기 모가지가 날아갈 테니까."

일이 커지면 책임 소재를 묻는 게 공무원 조직이다. 당연히 그 책임자는 처음 사건을 담당한 검사가 된다.

"그러니 은폐하는 거죠."

"설마요."

"설마라고 생각하세요? 경찰에서도 그런 경우 많지 않습니까? 가령 화성 연쇄살인 사건이라든가."

"……"

화성 연쇄살인 사건 당시. 경찰은 어린아이의 시신이 발견되자 화성에서 또 살인 사건이 나면 자기들이 혼나고 또 수사하기 귀찮다는 이유로 그걸 몰래 묻어 버렸다.

사건을 단순히 미결로 처리했다는 소리가 아니다. 아이의 시신을 몰래 가져다가 땅에 묻어 버리고 없는 일로 처리했다는 거다.

"그건 오래전 이야기고……."

"오래전이라고 해서 그 당시에 그런 게 합법은 아니었지 않습니까? 당연히 불법인 거 알고도 그런 거고, 지금도 마찬 가지예요. 그리고 김 형사님도 그런 경우를 못 보신 건 아니지 않습니까?"

확실히 화성이 대표적인 예일 뿐 자신이 귀찮다는 이유로 사건을 은폐하는 경우는 넘치고 넘쳤다.

"당장 경찰서에 명예훼손이나 모욕을 들고 가도 무조건 접수를 거부하려 하지 않습니까?"

"끄응……."

명예훼손이나 모욕 같은 건 귀찮기만 하고 실적은 안 된다.

그러니 분명 금지되어 있음에도 불구하고 경찰들은 무조건 처벌이 안 된다고 딱 잡아떼면서 사건을 취하하거나 접수를 취소하라고 종용한다.

"변호사랑 같이 가도 그 꼴인데 다른 사건에서는 어떨까요?"

"끄응……."

그러다가 일이 커지면 그때부터는 아니라고 부정도 못 한다.

"딱 그런 상황일 겁니다."

말 그대로 기호지세.

"뭐, 그런 놈들을 날려 버리는 건 일도 아니지만."

사건을 키워서 그런 무능한 검사들을 날려 버리는 건 일도 아니다.

하지만 수사는 전혀 다르다.

"그나저나 우리가 매달려야 하는 건 무능한 검사가 아니라 그 사건인 것 같군요. 추정 사망자 숫자가 열두 명이라고요?"

"최소한 말입니다."

최소한이라는 김정기의 말에 노형진은 쓰게 웃었다.

"광훈아, 네가 나서야겠다."

"내가?"

"그래, 어차피 누군가는 해야 하니까."

"너도 나설 거지?"

"얼마 전에 규정이 바뀌었으니까."

원래 노형진이 오광훈을 도와서 사건을 해결하는 것은 살짝 불법의 여지가 있었다.

하지만 법이 바뀌어서, 공인받은 경우에는 외부 지원이 가능하게 되었다.

그리고 새론은 공인받은 곳이다.

"그래야지."

노형진은 쓰게 웃으며 말했다.

"그러니까 이 아이들의 희생자다 이거죠?"

노형진은 사건을 받은 후에 기록을 살폈다. 그리고 혀를 끌끌 찼다.

"우연은 아닌 것 같네."

"네가 봐도 그렇지?"

신분이 확인된 아이들은 총 여덟 명.

그중 세 명이 고아고, 두 명은 미혼모의 아이이며, 두 명은 아버지 혼자 키우는 아이였고 한 명은 할머니 혼자서 키우는 아이였다.

"힘이 없는 사람 위주로 피해자를 선정했군요."

"그러니까 미치겠다니까요."

우연이 아니다. 우연일 수가 없다.

사는 곳도 다르고 보호자들도 다르다.

거의 전국에서 피해자가 발생했다.

"이 새끼 진짜 미친 건가? 이런 사건에 프로파일러도 안 붙여 주고."

"기호지세라니까."

아마 지금쯤은 그쪽에서도 오광훈이 사건에 나섰다는 걸 알고 난리가 났을 거다.

"그런데 넌 어떻게 생각해?"

"나? 음…… 난……."

오광훈은 사건 기록을 살피다가 조심스럽게 말했다.

"이거 한 놈이 아닌 것 같은데."

"네가 봐도 그렇지?"

"네? 그게 무슨 말입니까. 한 놈이 아니라니요?"

"범인은 힘이 없고 누구도 도와주지 않는 아이들만 노리지 않았습니까?"

하지만 현실적으로 그런 타입의 아이들을 찾는 건 쉽지 않다.

정확하게는, 그런 타입의 아이들을 선정하게 되면 성향이 한쪽으로 쏠릴 수밖에 없다.

"가령 고아, 미혼모의 아이들, 조부모가 키우는 아이들 하는 식으로 성향이 쏠리게 됩니다."

이유는 간단하다. 그걸 모두 묶어서 관리하는 조직이 없기 때문이다.

물론 도움이 필요한 사람들의 경우는 정부에서 관리한다.

하지만 그건 어디까지나 지역별 관리일 뿐이다.

전주에 있는 복지 공무원이 순창에 있는 미혼부의 아이를 알아낼 방법은 없다.

"그런데 유독 그런 아이들만 찾아다녔단 말이지요."

이건 절대 우연일 수가 없다.

"끄응……."

"더군다나 이분도 문제입니다."

보호자 중 두 명이 아빠다. 그런데 그중 한 명은 곤혹스러운 상황, 즉 미혼부다.

이게 왜 곤혹스럽냐면, 다른 한 명과 다르게 아이의 출생

신고 자체가 안 되어 있기 때문이다.

다른 한 명은 최소한 엄마가 있다.

다만 외국인이었던 엄마가 출산 이후 도망가서 아이를 아버지 혼자 키울 뿐이다.

"하지만 이분의 경우는 아니죠."

경상도에서 아이를 키우던 아버지는 아이의 출생신고조차 하지 않은 상태였다.

이유는 간단하다. 대한민국에서는 출생신고를 하기 위해서는 어머니의 동의, 정확하게는 어머니의 이름이 있어야 하기 때문이다.

그런데 그게 없는 경우 아이는 출생신고조차도 못 하게 된다.

"그런데 이 아이의 경우는 출생신고가 안 되어 있단 말이지요."

그야말로 완벽하게 제도권 바깥에 있는 아이다.

"그런 아이를 찾아서 살인했으니 우연이라고 볼 수는 없어요."

"혹시 프로파일러십니까?"

"아니요. 그건 아니지만 조금 공부한 건 사실입니다."

"후우, 그러니까…… 내가…… 이래서 프로파일러를 요청한 건데……."

김정기는 긴 한숨을 내쉬며 말했다.

프로파일러를 몇 번이나 신청했는데 끝까지 보내 주지 않아서 결국 이 지경이 된 거니까.

"일단은 저희 쪽 프로파일러의 도움을 요청하는 걸로 하죠."

"아! 맞다. 새론에는 따로 프로파일러가 있지요?"

"네."

노형진은 고개를 끄덕거렸다.

정확하게는 아예 팀이 있다.

프로파일러들 입장에서도 경찰에서 일하는 것보다는 새론 같은 외부의 기관에서 일하는 게 훨씬 더 돈이 되기 때문이다.

일단 경찰 프로파일러가 되면 프로파일링만 하는 게 아니라 온갖 행정적 업무도 해야 한다.

쉽게 말해서 전문가 대우가 아니라 그냥 하는 김에 프로파일러 일까지 하라는 식으로 대우해 주는지라, 월급은 적은데 일은 많은 경우가 대부분이다.

그래서 이직하는 사람들도 많고 솔직히 실력도 이쪽이 훨씬 낮다.

경찰에서는 온갖 잡무를 다 해야 하지만 이쪽으로 이직하면 그 시간에 최신 프로파일링을 접하고 공부할 수 있으니까.

더군다나 이쪽은 자산도 넉넉해서, 해외 여러 심포지엄 같은 곳에 공부하라고 보내 주기도 한다.

"일단 우리 쪽 프로파일러를 불러서 한번 해 보도록 하지요."

노형진의 말에 오광훈과 김정기는 고개를 끄덕거렸다.

지금은 진짜 고양이 손이라도 빌려야 하는 상황이었다.

"확실히 피해자가 열두 명은 되겠네요. 신발을 한 짝만 올려 두는 타입이라면……."

김소라는 사건 기록을 보면서 입술을 깨물었다.

"아마 다른 한 짝은 트로피일 가능성이 높겠어요."

신발은 한 켤레, 즉 좌우 두 개로 되어 있다.

"이 기록에 따르면 다음 희생자의 가슴에 전 희생자의 왼쪽 신발을 올려 두지요. 그러면 남는 오른쪽 신발이 문제가 되는데, 아마 그건 범인이 직접 보관하고 있을 가능성이 커요."

연쇄살인범들은 종종 이런 트로피를 보관함으로써 자신의 살인을 추억하곤 한다.

"그리고…… 음…… 사건의 형태로 봐서는 한 명은 아닐 거고요."

"저도 그렇게 생각합니다."

노형진은 고개를 끄덕거렸다. 다른 사람들과 이야기할 때 같은 의견을 자신도 내놨으니까.

하지만 김소라는 그런 노형진의 말에 좀 더 자세한 프로파일링을 제공했다.

"그리고 이 기록을 봤을 때 주범은 두 명 이상이에요."

"주범이 두 명 이상이라고요?"

"네, 공범을 제외하고요. 아마 공범이 희생자를 제공하는 역할을 할 가능성이 커요."

"네?"

이건 생각지도 못한 말이었기에 노형진은 깜짝 놀랐다.

"어째서 두 명 이상이라고 생각하시는 거죠?"

김소라는 서류를 내려놓으며 말했다.

"희생자의 최종적인 형태와 신발을 올려 두는 형태는 서로
맞지 않아요. 범죄자의 타입이 상반되죠."

"상반된다?"

"네, 그건 하나의 도전이거든요. 동시에 어필이고요."

즉, 이 살인은 내가 한 것이 맞으며 나를 잡을 수 있으면
잡아 보라는, 경찰과 대중을 향한 하나의 도전인 셈이다.

"다른 범죄자들과 다르죠."

다른 범죄자들은 범죄를 은닉하기를 원하고 실제로 시신
을 최대한 감추려고 하거나 흔적을 남기지 않으려고 한다.

그런데 굳이 지난 희생자의 신발을 올린다는 것은, 이 사
건의 범인이 자신의 행동을 어필함으로써 자신의 힘을 과시
하는 타입에 가깝다는 것이다.

"하지만 희생자의 몸 상태는 반대거든요."

죽은 아이들의 몸 상태는 깨끗했다.

상처도 없고 깨끗하게 씻겨 있으며 실종 당시와는 다른 옷
으로 갈아입혀져 있다.

"이건 보통 범죄자가 희생자에게 양심의 가책을 느낄 때

많이 벌어지는 행동이에요."

"두 가지…… 상반되어 보이기는 하네요."

경찰은 이렇게 도발하면서 희생자에게는 미안함을 느껴서 꾸며서 보내 준다?

"두 가지 성향이 공존하기는 아무래도 힘들죠. 그게 자신의 일종의 시그니처가 된 거니까."

경찰이 인지하지 못했을 뿐이지 신발과 별개로 갈아입혀 둔 옷 역시 범인의 시그니처라는 거다.

"그리고 그 시그니처라는 건 결국 한 사람당 하나거든요."

그런데 두 개의 다른 성향의 시그니처를 보인다?

"그러면 범인은 최소 두 명이라는 거죠. 그리고 두 사람은 종속 관계 같은 게 아니라 대등한 관계일 테고요."

"대등? 보통 그런 경우는 한 명이 다른 한 명을 지배하는 지배 관계 아닌가요?"

노형진의 질문에 김소라는 고개를 흔들었다.

"물론 상당수가 그래요. 하지만 이번 경우는 아니죠."

상당수 이런 연쇄살인에서는 한 명이 나머지 한 명을 지배하면서 살인을 강제한다.

즉, 공범과 종범의 차이가 있다는 거다.

하지만 그녀는 분명 두 명의 '공범'이라고 했다.

"만일 종속 관계라면 다른 시그니처를 남기는 걸 지배자 역할을 하는 놈이 가만두지는 않을 거예요."

"아!"

아이를 죽이고 시신에 신발을 남겨서 어필하는 놈이다. 쉽게 말해서 자기 작품이라고 으스대는 거다.

그런데 거기에 다른 누군가가 사인을 하려고 한다?

그 대상이 자신보다 낮은 사람이라고 인식하고 있다면 가만두지는 않을 것이다.

"더군다나 아이의 흔적을 봐서는 제대로 씻기고 새로 옷을 입혔어요. 그걸 그냥 두고 볼 놈이라면 살인자가 아니겠지요."

"으음……."

"다만 두 사람 중에서 비중은 아무래도 신발을 놓는 범인이 더 높을 가능성이 크네요."

"어째서요?"

"시신의 발견 장소 때문이지요."

아직 발견하지 못한 신발이 있지만 신발을 순서대로 올려두는 살인범의 특징을 생각하면 지난 희생자의 시신을 찾지 못하고 있을 가능성이 아주 크다.

"그 말은 이미 발견된 9구의 시신에 비해 잘 보이지 않는 장소에 있다는 소리죠. 차이를 아시겠어요?"

"무슨 소리인지 알겠네요."

9구의 시신은 분명 신고되었고 수사가 진행 중이다.

그 시신들은 사람들이 잘 다니지 않고 흔적을 추적할 수는 없지만, 아예 발견이 불가능하지는 않은 위치에 있었다.

장소마다 다르지만 최소한 3일 이내에는 발견될 만한 위치였다.

사람의 왕래가 거의 없다는 것과 아예 없다는 것은 전혀 다르니까.

"이건 도전적 타입의 살인범의 취향인 거죠. 지금 어필하는 거예요, 우리에게 대고."

 나는 여기 있다. 잡아 봐라. 너희는 나를 못 이긴다.

"하지만 시신이 발견되지 않은 네 아이는 일반적으로는 보이지 않는 곳에 있을 가능성이 크죠. 즉, 기존에 발견된 아이들과는 전혀 다른 곳에 있을 거라는 건데……."

"그 말은 그 시신을 감추는 데 도전적 타입이 아니라 그 방어적 타입이 관여했을 가능성이 크다는 거군요."

김정기의 말에 김소라는 고개를 끄덕거렸다.

"그리고 그 말은 그다지 반갑지 않겠지만, 피해자가 열두 명이 넘을 거라는 걸 의미하고요."

"네? 아니, 갑자기 그게 무슨 소리입니까?"

김소라는 깜짝 놀라는 김정기에게 쓰게 웃으며 말했다.

"피해자가 열두 명이라고 추측하는 이유가 뭔가요?"

"그거야…… 짝이 맞지 않으니까요."

범인은 지난 희생자의 신발을 새로운 희생자의 가슴에 올려 둔다.

그런데 그렇게 발견된 신발 중 지난 희생자의 신발이 아니었던 경우가 있었다.

그건 그들이 발견하지 못한 다른 희생자가 있다는 소리다.

부모들이 신발을 잘못 기억하는 경우는 없다. 아이들의 신발을 사 주는 것은 부모니까.

"그러니까 그사이에 한 명이 있을 수도 있고 두 명이 있을 수도 있는 거죠."

그저 이 신발이 아직 발견되지 않은 아이의 신발이라는 것만 확실하다.

"그리고 아까도 말했지만 프로파일링상 두 사람은 공범이에요. 즉, 서로 비등한 수준의 의사 결정권을 가지고 있을 거라는 거죠."

오광훈도 노형진도 얼굴이 어두워졌다.

노형진 역시 그런 자세한 부분까지는 알지 못했으니까.

"그렇다면 아이들의 시신을 유기하는 부분에서도 그게 반영될 테니, 비슷한 수준으로 버려질 가능성이 아주 높아요."

그렇다면 비슷한 의사 결정 수준에 따라, 발견되지 않은 위치에 있을 시신의 숫자가 더 늘어난다는 거다.

"이런 씨입……."

김정기는 분노를 가라앉히기 위해 깊게 심호흡했다.

"망할 검사 새끼."

몇 번이나 프로파일러를 불러 달라고 지랄했는데 매번 출장 중이라느니 바쁘다느니 이런 사건에 프로파일러까지 필요 없다느니 하며 무시했다. 그런데 프로파일러가 붙어서 분석하기 시작하니까 사건의 규모가 어마어마해진 것이다.

"그 검사도 자기가 무능하다고 찍힐까 봐 겁나 무서웠나 보네요."

김소라는 고개를 절레절레 흔들었다.

"하긴, 제가 그런 꼴을 보기 싫어서 그만두고 나온 거지만요."

김소라가 수년간 프로파일링 공부를 하고 경찰에 지원한 이유는 범인을 잡기 위해서였다.

그런데 경찰에서는 정작 프로파일링하러 다니는 시간보다 온갖 잡무를 하는 시간이 더 길었다.

정작 사방에서 프로파일링이 필요하다고 외쳐 대는 일선 경찰의 요청은 프로파일러들이 바쁘다는 핑계로 보내 주지도 않으면서 말이다.

그래서 크게 실망하고 그만둔 것이었다.

"일단 이번 사건에 집중하죠. 절대 자연스럽게 살인을 멈출 놈들이 아니니까. 일단 현 상황으로 봤을 때 두 사람은 사건 이전부터 알고 지냈을 가능성이 커요."

"네? 그건 또 무슨……?"

다들 깜짝 놀랐다.

"두 사람이 살인을 저지르기 전부터 친구라는 겁니까?"

"네, 맞아요."

"그게 가능한가요? 아니, 그러니까 두 사람이 합심해서 살인한다는 게…….."

"가능하죠. 사실 생각보다 그런 범죄들은 많아요."

"하지만 이건 살인이지 않습니까?"

서로 알고 지내던 놈들이 힘을 합해서 사기를 친다거나 도둑질을 한다거나 강도질을 하는 건 사실 아주 흔한 일이다.

하지만 살인? 그건 전혀 아니다.

일단 살인은 워낙 강력한 범죄라 한 명이 자수할 가능성이 아주 크기 때문이다.

더군다나 이건 아동 납치 살인이다.

우발적으로 욱해서 누군가를 때려죽이는 그런 폭력적 살인이 아니다.

"더군다나 아까 납치하는 공급책이 따로 있을 거라고 하지 않았습니까?"

공범 최소 두 명에 종범은 미상. 그게 김소라의 프로파일링이었다.

"맞아요."

"하지만 아이들이 뭔 죄가 있다고?"

죄의 여부를 묻는 오광훈.

그러나 노형진은 죄의 여부는 중요하지 않다는 걸 알고 있었다.

"아이들의 잘못이 아니야. 문제는 그 두 놈이 어째서 아동 납치 살인에 눈을 떴냐는 거야."

어느 날 갑자기 '우리 애들이나 납치해서 죽여 볼까?'라고 생각하지는 않았을 것이다.

"이런 연쇄살인은 보통 쾌락형과 대체형 그리고 분노형과 지배형 등으로 나뉘는데, 이 경우는 분노형이나 지배형과는 전혀 상관없고요."

분노형은 세상에 대해 원한을 가지고 무차별적으로 살인하는 놈들이다.

한국에서 제일 유명한 집단이 막가파라고 하는 살인마 집단이었다.

사회적 패배감을 해소하기 위해 무차별적으로 살인을 계획했던 집단.

그리고 지배형은 상대방을 통제함으로써 자신의 힘을 입증하고 즐기는 타입이다.

그러나 이번 사건은 그런 타입이 아니었다.

그런 놈이라면 절대 다른 사람과 같이 움직이지 않는다.

종범이라면 모를까, 공범?

지배형은 절대 안 된다. 그가 원하는 건 지배 대상이지 같이 일할 동료가 아니니까.

그에 반해 쾌락형은 살인 그 자체로 즐거움을 얻는 타입이다. 그리고 이 사건에서 신발을 시그니처로 쓰는 놈이 그런 타입일 가능성이 크다.

대체형은 희생자들을 누군가의 대리자로서 살인하는 거다.

가령 아버지에게 학대당한 경우 아버지와 비슷한 나이대의 비슷한 사람들을 죽여 대는 것으로 아버지에 대한 분노를 푸는 것이다.

"이런 죄책감을 보이는 모습은 보통 그런 타입에서 많이 나타나죠. 자신이 원한을 가진 사람을 투영해서 죽이지만 그 사람이 아닌 걸 아니까."

김소라의 말에 노형진은 고민에 빠졌다.

살인이라는 결과는 같지만 두 사람의 원인은 전혀 다르다. 그런데 그 둘이 같이한다?

"그게 확률적으로 가능한 건지……."

"세상일이라는 건 어찌 될지 모르니까요."

김소라의 말에 누구도 섣불리 입을 열지 못했다.

"그러면 이 미친놈들을 어디서 잡아야 합니까? 어디서 데려다가 사람을 죽이는지도 모르는데……."

"그게 문제예요."

김정기의 말에 김소라는 고민에 빠졌다.

"보통 범인의 위치를 특정하는 건 실종된 아이들과 시신의 발견 장소예요. 그런데 이건 아이들의 실종 위치도, 시신이 발견된 장소도 전혀 관련이 없어요. 이런 경우는 제3자가 도와준다고 봐야 하는데, 특정하는 게 쉽지 않지요."

"끄응……."

"더군다나 쾌락형 살인마라면 추적은 더 불가능해질 거예요."

그놈들은 말 그대로 미친놈이다. 그냥 살인에 즐거움을 느끼는 거라 추적하는 게 쉽지 않다.

"그러면 그나마 추적 가능한 건…… 그 대체형 살인마라는 거군요."

"네, 최소한 원인이 있을 테니까요. 다만 그 원인이 어디서 어떻게 생겼는지 알 수가 없다는 게 문제지."

대체형 살인마들은 증오의 대상을 대신해서 누군가를 죽인다. 그런 만큼 그 증오라는 감정이 발생하는 사건이 있었을 것이다.

"하지만 일곱 살도 안 되는 애들한테 증오의 감정을 가진다는 게 말이나 됩니까?"

"그러니까요. 저도 이런 경우는 처음이라……."

김소라는 솔직히 많이 당황스러웠다.

미성년자 납치 살인은 페도필리아 성향을 가진 정신이상자들이 많이 저지르니까.

아무리 생각해도 일곱 살 미만의 아이들에게 살인할 정도로 투영할 만한 분노가 생길 일이 없다.

"페도필리아는 아닐까요?"

"저도 그런 가능성을 생각해 봤는데, 페도필리아들에게 아이들은 성욕의 해소 도구일 뿐이에요."

즉, 그들은 그렇게 납치한 아이들에게 죄책감을 느끼거나 하지는 않는 게 일반적이라고 한다.

"기록대로라면 애초에 성적인 학대 흔적도 없고요. 그리고 그런 놈들은 아이들을 납치하면 가능한 한 오래 살려 두려고 해요."

납치한다는 것 자체가 상당히 부담스러운 행위인 데다 자신의 목적은 성욕을 채우는 거니까.

"와, 미치겠네, 이거……."

김정기는 머리를 부여잡았다.

광수대에서 오래 일하면서 별의별 사건을 다 해 봤지만 이런 사건은 처음이었다.

프로파일러를 붙이면 뭔가 좀 더 나올까 했는데 도리어 더욱 복잡해지기만 한다.

"더군다나 이 사건의 가장 곤란한 점은 제도권 밖에 있는 아이를 찾아냈다는 거죠."

법적인 한계로 인해 출생신고조차도 되지 않은 아이를 찾아내서 희생자로 삼았다.

실제로 그 아이의 아버지를 찾는 과정은 순탄치 않았다.

출생신고가 되어 있지 않으니 실종 신고도 제대로 접수되지 않았고, 의료보험이 없으니 병원 기록도 없었다.

더군다나 발견 장소와 살던 곳은 아주 거리가 멀었다.

그래서 그 아이는 사건 초반 희생자였지만 그 아이의 신분이 드러난 건 최근이었다.

"아이들 대부분이 그래요. 저항하지 못하는, 또는 저항에 한계가 있는 그런 아이들이죠. 이런 경우 결국 답은 하나예요."

누군가 그들을 찾아다닌다.

두 발로 뛰어서 희생자를 선택하고 또 그들을 납치해서 두 살인범에게 제공한다.

"살인범이었다면 아마 주변에서 희생양을 찾았을 테니까 이건 살인범의 소행은 아니에요."

"그러면 누가 한단 말입니까?"

"둘 다 부하를 두고 시킬 타입은 아니니까……."

눈을 찡그리는 김소라.

물론 두 타입이 잘사는 놈들일 수도 있기는 하다.

하지만 잘사는 놈이 부하를 두고 납치시키는 건 전혀 다른 문제다.

"아마도 납치를 전문으로 하는 범죄자가 엮여 있을 가능성이 높아요."

"애가 죽을 걸 알면서도요?"

"돈만 된다면 뭐든 하는 게 인간이니까요."

김소라는 쓰게 말했다.

"이런 신발……."

오광훈은 사진 속에 나오는 신발을 보면서 자신도 모르게 중얼거렸다.

인신매매범은 아직 존재한다

"어떻게 생각해?"

"충분히 가능해. 뭐, 인신매매가 없는 것도 아니고."

오광훈은 어깨를 으쓱했다.

"인신매매하는 놈들이 자기가 납치한 애들 인생을 생각이나 하겠어?"

"하긴……."

보이지 않는다고 해서 없는 게 아니다.

80년대와 90년대만 해도 인신매매는 아주 흔한 사건이었다.

심지어 80년대에는 도로에 가다가 예쁜 여자가 있으면 그냥 납치해서 강간하고 사창가로 넘기는 일이 비일비재했다.

남자들이라고 해서 안전하냐 하면 그것도 아니었다.

남자들은 잡아서 멍텅구리 배나 새우잡이 배에 팔아 버렸다. 아니면 장기를 털든가.

"그리고 요즘 짭새들이 제대로 수사하겠냐?"

"하긴……."

요즘은 수사를 위한 시스템은 더 잘 갖춰져 있다.

그렇지만 수사하기 위한 열정? 솔직히 그건 '글쎄다.'라고 표현할 수 있었다.

사방에 CCTV가 있고 사람들은 다 핸드폰을 가지고 있고 그게 추적이 되는 시대다. 수사하려고 하면 못 할 것도 없다.

하지만 경찰은 딱 한마디로 이런 사건을 덮어 버린다.

'귀찮음'.

남자 실종자는 신고자가 실종 신고를 한다고 해도 내부에서는 가출로 처리하고 아예 신고조차도 받아 주지 않는 것이 현실.

인신매매가 없다? 그럴 리가 없다.

'다크웹에 보면 인신매매 관련 글이 얼마나 많이 올라오는데.'

인신매매가 없는 게 아니다. 인신매매가 제대로 안 보이니까 수사하기 귀찮아서 수사하지 않으려고 하는 거다.

그런 사건들은 수사도 힘들고 까딱 잘못하면 자기가 위험해지니까.

"지금 경찰들은 그냥 편하게 손가락 까딱거려서 실적이나 올리고 점수나 채우고 승진할 생각뿐이지."

"그게 느껴져?"

"확실히. 야, 룸살롱들이 왜 영업 가능한데? 경찰이 못 잡아서? 그럴 리가 있냐? 안 잡아서야."

"하긴, 그런 말이 있지. 범죄자는 부지런하다."

"그건 또 뭔 말이야?"

"법률계에서 오래된 속담이야."

어떻게 해서든 수익을 창출하고 처벌을 피하기 위해 범죄자들은 계속 노력한다.

죄를 감추고 한 푼이라도 더 벌기 위해 말이다.

그런데 정작 그걸 잡고 처벌해야 하는 법은 하염없이 느리다.

법을 만들기 전에는 알면서도 꼼짝도 못 하고, 법을 만드는 것도 온갖 정쟁에 부딪혀서 제대로 만들어지지 않는다.

황당하지만 범죄자들은 노력해서 돈을 벌려고 하고 법률계는 아무것도 안 하면서 시간을 보내려고 한다.

"이슈가 되면 그때야 뭐 시끌시끌 법을 만든다 뭐 한다 하지만……."

이런 인신매매의 경우는 확실히 과거에 비해 많이 감춰져 있다.

그렇다 보니 인신매매가 되었다는 흔적만 없으면 경찰은 무조건 가출로 처리해 버린다.

"물론 어린애들을 가출로 처리한 건 아니겠지만."

그렇다고 해서 그들이 사라진 아이들을 찾기 위해 노력하지는 않는다.

현재 대한민국에서 실종된 아이를 찾기 위해 경찰이 두 발로 뛰는 경우는 확실하게 유괴되어서 돈을 달라고 하는 협박이 들어왔을 때뿐이다.

진짜 흔적도 없으면 종종 인터넷상으로 검색 몇 번 해 보고, 안 되면 미결로 넘겨 버리는 게 현실이다.

그렇다 보니 실제로 아이가 납치나 사망이 아니라 미아가 된 경우에 부모를 찾아가지 못한다.

아이의 부모를 찾아보려고 노력하는 게 아니라 적당히 미아 보호를 하다가 대충 고아원으로 넘겨 버리기 때문이다.

그나마 전산상에 등록되는 요즘은 근처에서 실종 신고가 올라오면 공유라도 되지, 전산 공유가 없던 시절에는 미아를 찾기 위해 부모가 일일이 고아원을 뒤지고 다녀야 했다.

오광훈은 시큰둥하게 말했다.

"아마 이거 말고도 다른 인신매매 건수가 분명 있을걸."

"흠…… 확실히 인신매매가 있겠지?"

노형진의 말에 피식 웃는 오광훈.

"내가 조폭이던 시절에 말이야, 절대 하지 못하게 한 3대 범죄가 마약, 살인, 마지막으로 인신매매였어. 그거 거부한 놈들한테 칼침 맞아서 뒈졌지. 내가 병신도 아니고, 존재하지도 않는 범죄를 막아서 칼침 맞았겠냐?"

물론 마약이 주요 원인이기는 하지만 인신매매도 금지한

건 그게 하려면 얼마든지 가능하기 때문이었다.

"그러면 네가 아는 건 없어? 이런 일을 할 만한 놈들이라 거나."

"그럴 만한 놈들은 이미 다 털었지."

관련된 놈들은 이미 잡혀갔거나 검사로서 오광훈이 싹 다 털었다.

"아마 지금 인신매매를 하는 놈들은 신생 조직일 거야."

"신생 조직?"

"인신매매처럼 돈 되는 일이 없거든. 사실 마약이나 협박 에 비해 엄청 안전하고."

인신매매는 사람을 사 간 놈들이 죽였으면 죽였지 풀어 주 지는 않는다.

그리고 인신매매를 할 때 필요한 건 아무것도 없다.

물론 희생자를 나르기 위한 차량이 필요하지만, 그거야 강 원도에 가면 대포차를 구하는 건 일도 아니다.

"그리고 요즘 같은 시기에 불심검문 하는 경우는 거의 없 거든."

군부대 근처에서 누군가 무장탈영이라도 한다면 모를까, 요즘 같은 시대에 검문하면서 차량을 뒤질 일은 없다.

"하지만 한 가지는 확실해. 인신매매 조직은 여전히 있어."

다른 사람도 아니고 어둠의 세계에 있던 오광훈이 확신하 며 하는 말이다.

"물론 과거와는 많이 다른 방식이기는 하지. 과거에는 인신매매의 주요 소비처가 술집이나 멍텅구리 배였지만 지금은 염전 노예 같은 곳이니까."

그리고 보통은 나중에 문제가 될 걸 막기 위해 정신적으로 문제가 있는 애들을 찾아다가 끌고 간다며, 오광훈은 한숨을 내쉬었다.

"뭐? 잠깐 뭐라고 했어?"

"말했잖아, 정신적으로 문제가 있는, 보호받지 못하는 사람들을 데려간다고."

"그래, 보호권 밖에 있는 사람들이란 말이지."

노형진은 그 말을 아주 심각하게 받아들였다.

"보통 그런 사람들은 가난한 동네에서 두드러지지 않나?"

"음…… 그렇지?"

부자 동네라고 해서 그런 사람이 없다는 뜻이 아니다.

다만 부자 동네에 사는 사람들은 적절한 케어를 제공받을 가능성이 아주 크다.

그에 반해 가난한 동네 사람들은 그러한 케어를 제공할 여력이 되지 않는다.

온 가족이 일하러 나간 후에 조부나 조모가 장애를 가진 아이를 케어하는 경우가 상당히 많다.

"마치 이번에 실종된 아이들처럼 말이지."

"흠…… 그러고 보니 그러네. 실종 장소가 묘하게 겹쳐."

"겹친다기보다는 사실 그런 곳은 완전 방치 상태거든."

오광훈은 어깨를 으쓱하며 말했다.

"낙후된 지역에 사건은 많고, 생기는 건 없고, 경찰은 부족하니, 자연스럽게 그 지역은 우범화되고 돈이 없는 사회적 약자들이 최후의 보루로 모여들고."

"잘 아네?"

"서울의 빵빵한 아파트 출신 조직원들이 얼마나 될 것 같냐? 그런 새끼들은 대부분 들어와서 한 달도 못 버텨. 조폭이라고 가오 잡는답시고 기어들어 온 새끼들은 대부분 한 달 안에 질질 짜면서 내빼더라."

추락할 곳마저 없는 그런 상황의 아이들이 조직원이 되고, 그들은 그런 지역을 잘 알 수밖에 없다.

"뭐야? 그러면……."

"그래, 아마 이건 범죄 조직이 한 일일 거야."

단순히 고용된 게 아니라 이런 일을 해 주는 전문 조직이 있을 가능성이 크다.

"여전히 소비되는 노예는 많으니까."

여전히 염전에 가면 염전 노예들이 가득하다.

새론에서 주기적으로 그런 염전을 기습적으로 들어가서 구해 주곤 하지만 대부분의 경우에는 그 전에 빼돌린다.

'하긴, 경찰까지 나서서 그 인신매매범을 보호하니까.'

어찌 되었건 염전도 사유지다.

새론에서 의심스럽다는 제보를 받고 출동해도, 현장 사장은 경찰을 불러서 사유지 불법 침입으로 쫓아낸다.

새론에서 경찰에게 사건을 설명해 준다고 해도 경찰은 오로지 염전 주인 말만 듣고 절대 내부를 조사하지 않는다.

즉, 경찰도 그곳에서 노예를 쓰는 걸 모르는 게 아니라는 소리다. 다만 모른 척하고 싶을 뿐.

"내 생각에는 그런 곳을 위주로 활동하는 조직 새끼들이 의뢰받은 게 아닐까 싶다."

"인신매매 조직이라……."

확실히 요 근래에는 들어 본 적이 없는 사건이다. 하지만 있기는 할 거다.

"그쪽부터 파 봐야겠네."

일단 방향은 잡혔고 시작은 노형진이 할 일이었다.

⚖️

오광훈의 말에 따르면 그 조직은 특정 지역에 근간을 둔 조직은 아닐 거라고 했다.

도리어 금전을 목적으로 다수가 결집된 조직이라고.

'하긴, 그런 형태의 조직이라면 아무래도 경찰들이 알아내기 힘들지.'

노형진은 동의했다.

경찰들은 기본적으로 지역별로 활동한다.

한 지역에서 꾸준하게 실종자가 나오면 의심하겠지만 한 지역에 근간을 두지 않고 여기서 한 명, 저기서 한 명 납치하는 조직은 실종 사건을 가출로 처리해 버리는 경찰의 특성상 발각되지 않을 가능성이 아주 크다.

"일단 여기가 그 지역이란 말이지."

강원도 정선에 있는 작은 도시, 그곳에서 시작된 수사.

노형진은 일단 김소라와 함께 피해자의 아버지를 만나서 이야기를 시작했다. 공식적으로 세 번째 피해 아동의 아버지였다.

"수상한 사람은 못 봤습니다……. 제가 일을 나가 있으면 대부분의 경우는 어린이집에 있으니까."

심적으로 얼마나 힘든 건지 그의 얼굴은 바짝 말라 있었는데, 검게 변한 그 모습은 모든 걸 포기한 것처럼 보였다.

"조금 더 자세하게 이야기해 주시면 저희가 아드님을 납치한 범인을 꼭 붙잡겠습니다."

"아들이라…… 아들이라……. 하…… 아들이라고 해야 하나요?"

그런데 절망적으로 웃는 그의 말에 노형진은 고개를 갸웃했다.

"무슨 말씀이신지?"

"아들이라고 생각했습니다. 네…… 아들이라고 생각했죠.

했는데……."

"설마……."

"제 아들이 아니더라고요."

노형진은 망치로 뒤통수를 맞은 것 같았다.

'이런……'

친아들을 최선을 다해서 키우기 위해 헌신했다.

그런데 부검하는 과정에서 유전자 검사를 했다.

이런 사건에서 부모가 가장 먼저 의심받는 건 흔한 일이
고, 피해 아동은 신분 등록도 안 됐으니까.

당연히 경찰로서는 부자 관계를 증명하기 위해 유전자 검
사를 해야만 했다.

한데 유전자 검사 결과 아들이 아니라는 황당한 이야기를
들었으니 그가 받은 충격은 어마어마했을 것이다.

"그런데도…… 보고 싶어요…… 너무……."

여자는 출산하면서 자식을 인식하고 모정이 생기고, 남자
는 육아하면서 자식을 인식하고 부정이 생긴다고들 한다.

아무리 피가 섞이지 않은 아이라지만 그 아이를 키우기 위
해 지냈던 그 긴 시간이 사라지는 건 아닐 테니 결국 그 아이
는 이 남자의 자식이었다.

"뭐라 드릴 말씀이 없네요."

김소라도 곤혹스러운 상황인지 말을 아꼈다.

"후우……."

그의 깊은 한숨에서 진한 소주 냄새가 풍겨 왔다.

하지만 누가 그걸 뭐라고 하겠는가? 술 외의 그 무엇이 그런 그의 상실감을 치유해 주겠는가?

자식이 죽은 것도 모자라, 그 자식과 함께한 모든 시간이 통째로 부정당했는데 말이다.

"그래도 다른 희생자들을 막기 위해서라도 도움을 주셨으면 합니다. 다른 정보 같은 건 없나요?"

"아까도 말씀드렸다시피 저는 대부분의 시간을 일하면서 지냅니다."

그리고 집에 가는 길에 어린이집에 들러서 아이를 챙겨 가는 것이 그의 일상이었다.

"그러면 특이 사항은 없었나요? 어린이집 선생님들이 이상한 사람들을 봤다든가……."

"전혀요."

"그러면 그…… 아이가 사라질 때의 상황을 좀 더 자세하게 설명해 주실 수 있나요? 떠올리기도 힘드시겠지만."

'이게 이상하단 말이지.'

고작 일곱 살 전후의 아이들이다. 그리고 그 나이대라면 부모님들이 싸고돌 시기다.

아이들은 이상한 사람들을 따라가지 말라고 잘 교육을 받고, 부모의 시선에서 벗어나기도 힘들다. 시대가 시대니까.

옛날에야 친구들과 놀이터에서 놀고 그랬지만 지금은 그

런 시대도 아니다.

어린이집이나 유치원에서 아이들을 데리고 있고, 부모들이 퇴근길에 데리고 가니 집 밖으로 나올 일이 거의 없다.

나온다고 한들 놀이터 같은 곳이고, 만일의 사태에 대비하기 위해 거의 대부분의 놀이터에는 CCTV가 설치되어 있다.

물론 이런 동네에 CCTV가 다 있지야 않겠지만 애초에 그렇게 골목에서 놀 정도의 아이들은 초등학교 3학년 이상은 될 가능성이 크고 저학년은 부모들과 함께 있는 편이다.

'납치 방법도 문제고.'

애가 끌려가는데 주변에서 구경만 할 리가 없으니 막으려고 할 게 뻔하고, 사람이 없는 곳은 애들도 가지 않으려고 할 게 뻔하다.

그런데 다른 사람의 시선을 완벽하게 피해서 아이를 납치한다?

'그게 가능할 리가 없는데.'

사람들의 시선을 피하면서 아이들을 납치하기 위해서는 차량이 필수다. 그리고 대부분의 차량이 다닐 수 있는 도로는 어떤 식으로든 사람도 다닐 수밖에 없다.

작은 골목은 차가 못 들어가고, 큰 도로는 사람이 있거나 CCTV가 있다.

'그런데 어떻게 납치한 건지…….'

아직도 경찰에서는 방법을 찾지 못한 상황.

"잠깐……이었습니다. 아주 잠깐."

실종 당시에 대해서는 알고 있다.

쉬는 날 아이를 데리고 공원으로 나왔고, 정말 잠깐 시선을 딴데로 돌렸다.

그런데 그사이에 사라졌다.

'비슷해…… 대부분.'

문제는 그 공원에서 어떻게 사람들의 시선을 피해서 움직였느냐는 거다.

사람들이 인식하지 못할 뿐이지 공원에는 CCTV가 생각보다 많다.

낮에 사람이 많을 때는 안전하지만 밤이나 새벽에 사람이 없는 시간은 우범지대로 변해서 질이 나쁜 사람들이 모이는 경우가 많기 때문이다.

결국 소득 없이 나온 노형진.

그런 노형진의 눈에, 별도로 움직이기로 했던 오광훈이 김정기를 데리고 다가오는 게 보였다.

"뭐 좀 찾았어?"

"전혀. 어린이집에서도 이상한 건 없었대. 애초에 뭘 감시할 만한 곳도 아니고."

어린이집은 밖에서 들여다볼 수 없는 형태로 되어 있기 때문에 누군가 감시할 수 있는 구조도 아니었다.

"후우…… 진짜 답이 없네요, 선생님들도 기억하는 게 전혀 없다고 하시니."

김정기는 절망적으로 말했다.

아무리 생각해도 이건 진짜 답이 없는 상황이었으니까.

프로파일러는 방향을 잡아 줄 수는 있을지언정 범인을 특정하는 데에는 한계가 있다.

더군다나 살인범도 아니고 납치만 하는 놈들이라면 더더욱 흔적을 찾는 게 쉽지 않다.

"끄응……."

노형진도 머릿속에 복잡해졌다.

사이코메트리도 뭔가 있어야 읽어 낼 수 있는데 그런 게 전혀 없으니까.

"음…… 그런데 말이야……."

그때 생각지도 못하게 해결책을 제시한 것은 오광훈이었다.

"방향을 바꾸면 어떨까 싶은데?"

"방향?"

"내가 말했잖아, 이놈들은 한곳에 머무르지 않고 여기저기 돌아다니면서 사건을 저지르는 타입의 조직일 거라고."

"그렇지?"

"그런데 여기를 어떻게 알았을까?"

"네? 랜덤하게 돌아다닌다면서요?"

김정기의 말에 노형진은 정신이 번쩍 들었다.

오광훈이 생각하지도 못하고 있던 걸 알려 줬기 때문이다.

"그렇지! 그놈들은 사냥꾼이지. 여기는 사냥터고."

"네?"

"내 말이 그 말이야."

확실히 어두운 세계에 발을 담근 적이 있는 오광훈은 그들의 내면을 잘 알고 있었다.

그런 오광훈의 의견에 김소라도 동의했다.

"일반적으로 사냥은 자신이 잘 아는 곳에서 이루어집니다. 우리가 간과하고 있었네요."

"아니, 특정 장소에 적을 두고 행동하는 놈들이 아니라면서요?"

여전히 이해 못 하는 김정기.

그런 김정기에게 노형진이 쉽게 풀어서 설명했다.

"군대 다녀오셨지요?"

"당연하죠."

"그러면 낯선 곳으로 훈련하러 가면 가장 먼저 뭐부터 합니까?"

"당연히 정찰을…… 아!"

"맞습니다. 우리가 잊어버린 게 그거였어요."

사냥하는 장소에 대해 전혀 모른다 해도 상관없다.

사냥꾼은 모르는 지역에 사냥하러 간다고 해도 그 지역을 정찰하고 조사해서 정보를 확인한 후에 본격적으로 사냥을 한다.

"이놈들이 아이를 노리고 그런 짓을 하지는 않았을 것 같아."

즉, 범인들이 일부러 아이를 특정하고 납치한 게 아니라, 그저 범죄를 저지르는 과정에서 적당한 아이를 발견한 것이 아닐까 하는 의심.

"즉, 다른 실종자가 있을 가능성이 크다는 거지."

전혀 생각해 보지 못한 부분이었다.

다들 아이들에게만 매달려 있다 보니까.

"애초에 이 새끼들은 이걸로 돈 버는 새끼들이잖아. 그러니까 다른 희생자가 있지 않겠어?"

오광훈의 말에 노형진은 드디어 방향을 잡을 수 있었다.

⚖️

"실종자 말입니까?"

"네, 최근에 실종 신고가 들어온 사람들 말입니다."

"아니, 뭐…… 없는 건 아니고……."

경찰은 검사인 오광훈의 눈치를 보면서 기록을 확인했다.

하지만 그의 얼굴에 깃들어 있는 귀찮음을, 노형진은 놓치지 않았다.

"일단은…… 실종 신고는 두 개가 있고요. 둘 다 가출로 처리되어 있네요."

"가출?"

"네, 둘 다 가출입니다."

아니나 다를까, 가출로 처리되어 있다는 이야기에 오광훈이 눈을 찡그리자 경찰은 살짝 떨리는 목소리로 말했다.

"뭐…… 일단 범죄의 혐의점이 없으니까요."

"후우…… 이게 진짜."

대한민국 현행 사법제도의 가장 큰 문제는 범죄 이후에 대처하는 방식이라는 거다.

명백하게 문제가 생길 수 있거나 위험한 상황이라고 판단된다고 해도 경찰이 할 수 있는 건 거의 없다.

범죄로 판단되어야 경찰이 나서서 범인을 잡는다.

가령 누군가 원한을 가지고 집에 불을 지를 생각으로 휘발유를 사서 가다가 잡혔다? 그러면 처벌 규정이 없다.

누가 봐도 의심스러운 상황이지만 당사자가 불을 지르려했다고 인정하기 전에는 아무런 죄목도 성립되지 않는다.

규정대로라면 경찰이 수사해서 방화 미수를 증명해야 하지만, 현실적으로는 단순히 휘발유를 산 것만으로 그 죄를 증명하는 건 불가능하다.

그렇다 보니 경찰은 사건이 발생하기 전에는 거의 움직이지 않는다.

"그게 가출이라고 생각하는 이유는 뭡니까?"

"뭐…… 그냥…… 가출 같으니까요."

"그냥?"

"네."

"그냥?"

"그게…… 그러니까……."

제대로 수사조차 하지 않았으니 당연히 나올 것도 없을 것이다.

"수사 기록 좀 봅시다."

오광훈이 살짝 화를 내면서 서류를 요구하자 경찰은 어쩔수 없다는 듯 그걸 찾아다가 건넸다.

서류를 살펴보던 오광훈은 혀를 끌끌 찼다.

"얼씨구? 이게 수사 기록 끝입니까?"

"네, 뭐…… 그러니까, 그렇죠."

"장난합니까?"

요 근래 실종자는 두 명이다. 한 명은 고 3짜리 여학생, 다른 한 명은 30대 남성.

남성이야 뭐 볼 것도 없이 남자라서 무조건 가출한 걸로되어 있고, 여학생은 학업의 스트레스로 인한 가출이라고 되어 있었다.

"평소 삶 같은 건 감안하지 않으시고요?"

"뭐…… 가출이 욱해서 저지르는 거 아닙니까? 평소와 상관없이요."

"누가 그래요?"

"경험상……."

노형진이 어이가 없어서 묻자 경찰은 경험상이라고 대충 둘러댔다.

"제가 아는 건 다른데요."

가출은 갑자기 욱해서 사라지는 게 아니다.

대부분의 가출자들은 여러 가지 문제에서 도피하기 위해 가출하고 귀가하기를 반복하다가 결국 완전히 가출해 버린다.

처음 가출할 때는 어떻게 살아야 할지 어떻게 버텨야 할지에 대해 모르니까. 그러니까 첫 번째 가출은 욱해서가 맞다.

하지만 두 번째부터는 점점 치밀해져 가고, 그런 사람들은 가출로 인한 실종 가능성이 분명 있다.

"하지만 이런 타입은 아니죠."

고 3이면 결국 학생이다.

학생이 난생처음으로 가출을 해서 이렇게 오랜 시간을 집에 돌아오지 않는다?

"집에 대한 조사는 하지 않으셨나요?"

"아니, 그걸 할 이유가 없죠."

"가출이라면서요? 가출의 이유를 특정해야 할 거 아닙니까? 근친 간 성범죄나 폭행, 아니면 부모의 방임이나 도박 문제 같은 게 있어서 가출한 건 아닌지 확인하셔야지요."

"……"

경찰은 슬쩍 시선을 돌릴 뿐이었다.

'하, 돌겠네.'

경찰 입장에서 가출은 실적이 안 된다.

그러니 수사도 안 한다.

찾으려면 수십 수백 개의 CCTV를 확인하고 동선을 파악해야 한다.

그리고 설사 그렇게 고생해서 찾았다 해도 그냥 잘 설득해서 집에 돌려보내면 끝.

당연히 집으로 돌아가면 실종 신고를 취하할 테니 당연히 실적은 제로다.

그러다 보니 경찰들은 가출이라고 못 박고 그냥 수사 자체를 안 해 버리는 것이다.

"어떻게 생각하세요?"

노형진은 김소라에게 이번 사건에 대해 조사를 하고 의견을 내 달라고 했다.

일단 그녀가 프로파일러로서 전문가니까.

"흠, 한쪽은 가능성이 있어 보이기는 하는데요. 다른 한 명은 솔직히 가출 가능성이 없어요."

"당신이 뭔데 그런 말을 합니까?"

"프로파일러입니다."

"프로파일러?"

노형진이 프로파일러라고 하자 경찰은 입을 꾸욱 다물었다.

"여학생의 경우는 성적으로 인한 스트레스라고 하셨는데,

솔직히 말하면 그럴 가능성은 없어 보여요."

"어째서 말입니까? 고 3이면 다들 성적으로 인한 스트레스를 받는데."

애써 변명하는 경찰에게 김소라는 한심하다는 듯 말했다.

"석차 확인은 하셨나요?"

"서…… 석차요?"

"네, 석차요. 여기 자료에 따르면 반 내부에서 스물여덟 명 중 24등이네요. 전교 이백스무 명 중에서는 190등 정도고요."

"그런데요?"

"이런 성적으로 무슨 성적 고민을 해요, 솔직히 이 정도면 그냥 바닥인데. 성적으로 인한 스트레스는 더 높은 성적으로 더 높은 대학에 가고 싶어 할 때 발생하는 거죠."

하지만 여학생의 성적을 봐서는 공부하는 타입도 아니거니와 공부를 한다고 해도 올라는 데 한계가 있을 수밖에 없다.

고 2도 아니고 고 3이 이제 와서 공부한다고 해서 갑자기 극적으로 성적이 올라가기는 힘드니까.

"아니, 그게 말이지요."

결국 경찰은 잘못을 인정하는 듯 말도 못 하고 끙끙거렸다.

"남자 쪽은…… 확실히 가출 가능성이 있기는 하네요."

"자료가 별로 없는데요."

"사건 기록 자체를 보면 그럴 가능성이 아주 커요. 일단 실종 시기와 실종 신고 시기가 완전히 다르니까."

기본적인 조사 기록에 따르면 그가 다니던 회사에 갑자기 사표를 썼다고 한다.

그리고 실종 신고는 그로부터 두 달 후다.

"가지고 있던 차량 역시 사라졌고요. 그나마 차량도 13년이나 된 소형 차량이고. 소유하고 있던 기간을 봐서는 원차주는 아닐 테고, 중고로 산 것 같군요."

김소라는 몇 가지를 확인하며 말했다.

"일하던 곳은 풍진중공업인데…… 제가 알기로는 상당한 규모의 중견 기업이에요. 그만큼 월급을 많이 주는 걸로 알고 있고요."

풍진중공업 정도 되면 이런 경차를 쓸 일은 없다.

사실 어지간한 직원들은 중형차 이상을 써도 될 정도로 괜찮은 월급을 받을 것이다.

"더군다나 나이도 그렇고요."

"나이?"

"나이가 37세예요. 일반적으로 이렇게 직장이 좋은 사람이면 이 나이까지 결혼하지 않는 경우는 드물죠. 외모도 잘생긴 편이고."

힐끔 사진을 보는 김소라.

"다른 가족들 옷도 상당히 비싸고요."

사진 파일을 보면서 말하는 김소라.

"아마도 가족을 피해서 도피한 게 아닐까 싶네요."

"사진과 이런 기록만 보고 그런 게 나옵니까?"

"프로파일러라는 게 대충 연필 굴려서 답을 말해 주는 건 아니거든요."

상황을 분석하고 그 가능성을 따지고 사람의 심리를 확인하는 게 프로파일러다.

"아마도 가족들이 실종자에게 기대어 살다시피 했을 가능성이 클 거예요."

하지만 영원히 가족들을 건사할 수는 없는 노릇.

그런데 가족들이 그를 놔주려고 하지 않는다면?

"그러면 갑자기 가출하죠. 보통 이럴 때는 미리 혼자 살 준비를 다 해 놓은 경우예요."

아마 예상하지 못한 곳에서 자신을 감추고 혼자서 살아가고 있을 가능성이 크다는 것이 김소라의 의견이었다.

"일단 카드 사용 내역 같은 걸 추적하면 어렵지 않게 알 수 있을 거예요. 핸드폰 회사에 확인했는데 해지 상태라면 가출이 확실하고요."

하긴, 핸드폰이라면 요금을 내지 않는다 해도 정지만 될 뿐, 해지되지는 않을 테니까.

"알겠습니다. 알아보도록 하지요."

경찰도 고개를 끄덕거렸다.

그 모습을 본 김소라는 남자 실종자에 대한 설명을 마치고는 실종된 여학생의 기록으로 시선을 돌리며 중얼거렸다.

"하지만 이 여자아이는 아무리 봐도 가출한 게 아닌 것 같은데."

성적이 낮은 것이 그 아이가 불량한 아이라는 뜻은 아니다. 가족들의 말에 따르면 나름 자원봉사도 했다고 하니 확실히 아닐 테고 말이다.

"그날도 자원봉사를 하러 간다며 나간 후에 실종된 거고."

딱 거기까지가 수사의 기록이었다.

그 기록을 다시 한번 확인하던 노형진은 문득 이상하다는 생각이 들었다.

"잠깐만 날짜 좀 확인하죠."

"날짜를 확인하자니요?"

"이 날짜……."

실종 신고가 된 날짜는 아이가 사라진 다음 날이었다.

"그게 뭐요?"

"그날 자원봉사를 하러 갔다고 했지요?"

"네, 분명 기록에는 그렇게 되어 있네요."

"그 자원봉사 장소가 어딘가요?"

"그 자원봉사 장소가……."

위치는 나와 있지 않지만 이름과 전화번호가 있었기에 장소를 확인하는 건 어렵지 않았다.

"어?"

그런데 공교롭다고 해야 할까?

실종된 아이가 가려고 했던 자원봉사 장소가 하필이면 피해 아동의 실종 장소 근처였다.

정확하게는 공원 근처에 있는 보육 시설이었다.

"잠깐만요."

노형진은 인터넷에서 몇 가지를 확인했다.

그리고 고개를 끄덕거렸다.

"어쩌면 우리는 범인의 꼬투리를 잡은 걸 수도 있겠군요."

"그게 무슨 말씀이십니까?"

"해당 복지 시설로 가는 가장 빠른 방법은 버스에서 내려서 해당 공원을 가로질러서 가는 겁니다."

실종 신고가 된 여학생이 그 시간에 그곳을 가로질러 갔다면?

"잠깐. 그러면 혹시 범인을 봤다?"

"아마 그럴 가능성이 높겠지요."

우연히 그곳을 지나가다가 납치당했을 가능성은 없다.

그러나 뭔가를 봤다면? 그리고 그게 뭔지 알아챘다면?

"하지만 왜요? 범인이 위험을 감수하고 여학생을 납치할 이유가 없지 않습니까?"

"확인해 보는 방법이 하나 있지요."

노형진은 핸드폰으로 실종된 여학생 박유나의 사진을 찍어서 피해 아동의 아버지에게 보냈다, 혹시 이 학생을 아느냐는 질문과 함께.

그리고 얼마 후에 답장이 왔다.

−공원에서 산책할 때 종종 마주쳤던 학생입니다. 무슨 일인가요?

"역시나."

노형진의 혹시나 했던 마음은 확신으로 변했다.

"박유나가 아이를 알고 있었던 것 같군요."

피해 아동의 아버지는 일이 끝나면 정해진 시간에 아이와 함께 산책하는데, 마침 그 시각에 박유나도 하교해서 자원봉사를 하러 간다.

아마도 그러면서 공원에서 몇 번 마주치며 서로에 대해 알게 되었을 것이다.

"이 학생이 실종된 아이를 알고 있었다?"

"네, 맞습니다. 그럴 가능성이 아주 크지요."

당연히 낯선 사람이 아이를 데리고 가는 것을 보고 당신이 누구냐고 물어봤을 테고……

"그래서 갑자기 납치하는 걸로 상황이 바뀐 거군요."

김소라도 알 것 같다는 듯 말했다.

"그러면 일단 CCTV를 확인해 보죠."

공원에는 분명 CCTV가 있다.

그리고 체구가 작은 아이라면 모를까, 고 3 학생을 감출 수는 없다.

더군다나 갑자기 이루어진 납치라면 더더욱 대비책을 구할 시간이 없었을 것이다.

　"당장 확인해 봅시다."

　마음이 급해지는 김정기.

　그런데 그때 옆에서 보고 있던 경찰이 곤란한 듯 말했다.

　"저기……."

　"저기 뭐요?"

　"이미 보관 기간이 지났는데요."

　"뭐?"

　"이미 CCTV의 보관 기간이 지났습니다. 그 당시 영상은 모두 삭제해서……."

　모두의 얼굴이 사정없이 일그러졌다.

그녀가 있는 곳

　오광훈은 담당 경찰의 멱살을 잡고 흔들어서 영혼까지 탈탈 털어 냈다.

　만일 그 당시에 경찰이 제대로 수사했다면, 하다못해 CCTV라도 확인했다면 이 모든 사건은 일어나지 않았을 일이다.

　박유나를 영상에서 찾을 수 있었을 테고, 그녀를 추적하다 보면 납치범들을 잡을 수 있었을 테고, 납치범을 잡을 수 있었다면 이 미친 아동 연쇄살인범도 잡을 수 있었을 테니까.

　그런데 이 모든 게 단순 경찰의 귀찮음 때문에 차단당하지 못하고 그 후에 십수 명이나 되는 아이가 죽었다.

　그놈들이 납치했을지도 모르는 사람들의 숫자를 빼고도

말이다.

"내가 그 새끼들 옷 벗긴다, 씨발. 내가 무슨 짓을 해서라도 옷 벗긴다."

길길이 날뛰는 오광훈.

노형진은 그런 오광훈을 옆에 둔 채 계속 공원을 돌아다녔다.

"뭐 하는 거야? 아니, 이미 영상도 없다잖아?"

"그냥. 범인이 어디서 뭘 어떻게 했을까 하고 생각 중이야."

"그런다고 범인이 나와?"

"나오기를 바라야지."

노형진은 그렇게 말하면서 주변을 살폈다.

물론 진짜로 그런 헛된 기대를 하고 하염없이 이 주변을 돌아다니는 건 아니었다.

'분명 납치하기 위해 타이밍을 보고 있었을 거야.'

문제는 그 타이밍이 언제인지, 그리고 어떤 방식으로 납치한 건지 알 수가 없다는 거다.

'하지만 방법이 없는 건 아니지.'

다행인 것은 박유나가 실종되기 전 버스에서 내린 시간을 확인할 수 있었다는 것이다. 유나는 핸드폰을 이용해서 버스카드를 찍고 다녔으니까.

그 덕에 그 기록이 전산상에 남아 있었다.

그리고 그 시간은 정확하게 피해자가 산책한 시간이었다.

'버스에서 내려서……'

자원봉사를 하는 장소로 가는 도중에 누군가를 만났다.

'아마 피해 아동의 아버지를 만나기 전에 범인을 만났을 거야.'

서로 조금이나마 아는 사이고 아이가 사라졌다는 사실을 들었다면 유나의 성격상 같이 아이를 찾으려고 했을 것이다.

그러나 그런 일도 없었고, 피해 아동의 아버지도 그날은 유나를 보지 못했다고 했다.

"그렇다면 아버지가 말한 위치와 가로지르는 길 어딘가……."

그 사이에서 누군가와 부딪혔을 가능성이 크다.

'그런데 어떻게 걸리지 않고 아이를 데리고 갈 수 있었을까?'

노형진은 주변을 살피면서도 고민했다.

'어디 숨을 만한 공간이 있다면 모르겠는데…….'

문제는 그런 장소가 없다는 거다.

요즘은 공원을 만들 때 음습하고 위험한 곳이 생기도록 설계하지 않는다.

"음…… 혹시 아이를 유모차에 태워서 움직인 거 아닐까?"

"애들을?"

"그래. 그러니까 약 같은 걸로 재워서 그렇게 움직이면 누가 의심하겠어?"

"말이 되는 소리를 해라."

유모차는 잘해 봐야 4세나 5세 정도까지만 쓸 수 있다.

납치된 아이들의 나이는 7세 정도.

그러니까 절대 유모차에 올라탈 수 있는 덩치가 아니다.

"그런 애들을 어떻게 유모차에 태워서 움직여?"

"아, 그런가? 애들을 키워 봤어야 알지."

약으로 재운다? 그건 예상 가능하다.

사실 아이가 끌려가면서 조용할 리가 없으니 거의 필수적이라고 봐야 한다.

하지만 그런 아이를 데리고 가는 건 전혀 다른 문제다.

"등에 업고 가거나……."

"글쎄, 그것도 가능하기는 하지만……."

그걸 본 사람들은 아이가 놀다 지쳐서 잠들었다고 생각할 테니까.

"하지만 그러면 그 모습을 본 사람이 있을 거 아냐."

하지만 단 한 번도 그걸 본 사람이 없었다.

"심지어 사건은 이번만이 아니잖아."

이번에는 CCTV가 없지만 다른 사건에서는 CCTV가 있는 경우도 많았다.

하지만 단 한 번도 의심스러운 장면이 보인 적이 없었다.

"아니, 이해가 안 가네. 물론 피해 아이들이 또래보다 체구가 작은 편인 건 알겠는데 도대체 어떻게 여기서 벗어난 거야?"

사람들의 시선을 피해서 어떻게 아이들을 데리고 여기를 벗어날 수 있었을까?

고민하던 그때 노형진의 눈에 들어온 것은 특이하게 생긴 물건이었다.

네모난 박스처럼 생긴 물건. 그리고 그 안에서 놀고 있는 아이들.

"왜건."

"응?"

"왜 저 생각을 못 했지? 저거 말이야, 왜건."

노형진은 오광훈을 툭 쳐서 아이들이 놀고 있는 왜건을 가리켰다.

왜건은 서부 개척 시대에 포장을 두르고 짐을 옮길 때 쓰던 수레를 의미한다.

짐칸이자 동시에 이동 중에 사람들이 자던 공간이다.

그래서 요즘도 뒤가 긴 형태의 차량을 왜건이라고 부른다.

왜건 중에는 유아용도 있는데, 긴 형태의 유모차라고 보면 된다.

단순히 앉는 형태를 넘어서서 눕는 것도 가능하고 일반 유모차보다 더 크기 때문에 나이가 좀 있는 아이들도 탈 수 있다.

"어…… 저걸 뭐라고 한다고?"

"왜건 말이야, 유아용 왜건."

유아용 왜건 중에는 아이들이 태양에 그을리는 것을 막기 위해 지붕을 설치할 수 있는 타입이 있다.

그런 경우 어른이 외부에서 아이들의 얼굴을 보기가 힘들다.

"거기다 잠들었다고 한다면?"

아이를 강제로 재운 후에 유아용 왜건에 태우고 담요라도 하나 덮어 준다면?

누구도 의심하지 않을 것이다.

"그리고 아이가 없어졌다고 해서 남의 유모차나 왜건을 뒤집으면서까지 아이를 찾는 사람은 없지."

"아······."

왜건의 형태를 본 오광훈은 노형진의 말이 이해가 간다는 듯 고개를 끄덕거렸다.

"확실히 가능하겠네."

그런 왜건이라면 아이를 태운 채로 차량으로 가도 누구도 의심하지 않고, 잠든 아이를 왜건에서 차량으로 옮긴다 해도 이상하게 생각할 사람은 없다.

"그러면 박유나가 지나가다가 그 아이의 얼굴을 봤다 이건가?"

"아이의 얼굴을 보는 건 각도의 문제니까."

지붕을 씌운다고 해서 완전히 밀폐되는 건 아니다.

사방은 다 뚫려 있다.

즉, 좀 떨어진 곳에서 왜건 안쪽을 본다면 아이의 얼굴을 확인할 수 있다.

"보육원에서 자원봉사를 할 정도로 아이를 좋아하는 애야. 아이가 있다면 자연스럽게 그쪽으로 시선이 향하지 않았을까?"

"어…… 확실히 그랬겠어."

그리고 그렇게 시선이 향한 곳에서 우연히 아는 얼굴을 봤다면? 그런데 낯선 사람들이 그 왜건을 끌고 있다면?

"아마 일단은 막으려고 하겠지."

"하지만 그건 추론일 뿐이잖아. 추론이 아니라 증거가 있어야 추적이 가능할 텐데?"

"다른 영상을 찾아보면 되지."

"아!"

대한민국에서 유아용 왜건은 아직 그리 각광받는 물건이 아니다.

일단 아이들에게 좋기는 하지만 가격이 워낙 고가인 데다가 형태의 특성상 신도시같이 길이 정리된 곳에서는 끌고 다닐 만하지만 구도심에서는 여러모로 곤란하다.

"그런데 피해자 대부분이 구도심에서 나온 거 잊었어?"

"그러네."

아마 구도심에서 유아용 왜건을 가지고 다니는 사람은 그다지 많지 않을 것이다.

설사 있다고 해도 유아용 왜건은 접어서 차에 뒀다가 공원 등지에서 펼쳐서 아이들이 놀 만한 곳을 확보해 주는 게 일반적이니까.

도로 한복판에서 끌고 다니는 사람은 사실 보기 힘들다.

유아용 왜건이라는 게 충격 방지와는 거리가 좀 있는 물건이기 때문이다.

"CCTV가 확보된 곳이 있다고 했지?"

노형진은 아이들이 탄 채 놀고 있는 왜건을 보면서 오광훈에게 진지하게 물었다.

왜건이 찍혀 있는 CCTV 영상을 확인하는 건 어려운 일이 아니었다.

애초에 왜건이라는 게 눈에 띌 수밖에 없는 물건이니까.

그리고 그걸 확인하면서 왜 다른 형사들이 쉽게 범인을 특정할 수 없었는지 알 것 같았다.

"부부 같아 보이네요."

김소라는 영상에서 유아용 왜건을 끌고 가는 두 사람을 보면서 질렸다는 듯 말했다.

젊은 남녀가 모자를 쓰고 왜건을 끌고 가고 있었다.

덮개가 있는 왜건은 CCTV상으로는 내부를 확인할 수 없었다.

"요즘 같은 시기에는 마스크를 쓴 것도 이상한 게 아니니까. 오히려 요즘은 마스크를 안 쓰는 게 이상한 거지."

모자를 쓰고 마스크로 얼굴을 가리고 왜건을 끌고 가는 젊은 남녀.

누가 봐도 부부 같은 둘을 의심하는 사람들은 없었다.

다정하게 팔짱을 끼고 왜건을 밀고 가고 있는 두 사람을 누가 납치범이라고 의심하겠는가?

"복장도 다르고 모자도 다르지만 동일한 왜건을 밀고 다닌다는 건 우연치고는 공교롭지."

노형진도 화면을 보면서 확신하듯이 말했다.

"옷이야 구제를 사든 싸구려를 사든 싸게 살 수 있는 방법이 있지만 왜건은 그게 아니니까."

하나에 수십만 원이나 하는 왜건을 쉽게 바꿀 수는 없을 것이다.

그래서 화면 속의 사람들은 각자 다른 옷, 다른 모자를 쓰고 있었지만 왜건 자체는 동일했다.

"두 사람이 동일인이라는 건 거의 확정적이라 봐도 되겠네."

CCTV가 확인된 영상은 세 개. 그 안에서 공교롭게도 같은 왜건이 등장할 가능성이 과연 얼마나 될까?

"하지만 이 사람들은 부부 같은데……. 그리고……."

김정기는 살짝 떨떠름할 수밖에 없었다.

그럴 수밖에 없는 게 경찰들이 이 두 사람을 의심하지 않은 이유는 단순히 부부 같고 아이가 있어 보여서 그런 게 아니었다.

화면 속에 있는 여자의 배는 티가 날 정도로 나와 있었다.

누가 봐도 임신 중이라는 사실을 알 만한 상황.

그런 상황이니 누가 임산부가 납치범이라고 생각하겠는가?

"범죄자들은 우리와 생각하는 게 달라요. 우리나라에서도 임산부가 아이의 납치 살해범인 사건이 있었어요. 그때도 마찬가지였죠."

사건 당시 경찰이 현장을 덮쳤지만 임산부였던 범인을 보고 '설마 임산부가 범인이겠냐.'라고 생각해서 그냥 보내 줬다.

그 당시만 해도 프로파일러라는 게 없었고 다들 범인은 남자라고 확신하고 수사하던 중이었으니까.

"사람들은 '모성이 있으니 아이는 안 건드리겠지.'라고 생각하지만요, 그들의 모성은 자기 아이들만을 위한 모성이에요. 그리고 그마저도 없는 사람들이 넘쳐 나고요. 부부 살인마가 얼마나 많은지 알면 놀라실걸요."

실제로 미국에서는 부부 살인마가 상당히 흔한 편이다.

물론 대부분의 경우 지배와 종속 유형이지만, 때때로는 대등한 관계인 경우도 있었다.

"더군다나 이건 자기 딴에는 살인이 아니라고 생각할 테니까요."

노형진은 그렇게 말하면서 다시 한번 영상을 뚫어져라 바라보았다.

"문제는 어떻게 잡을지로군요."

영상을 확인하는 데 성공했지만 상대방의 신분을 확인한 건 아니다. 그들은 모두 모자에 마스크를 쓰고 있었기 때문이다.

왜건 말고는 그들을 특정할 수 있는 게 하나도 없다.

"차량 번호도 나오기는 했는데, 조사해 보니까 대포차입니다."

"환장하겠네."

주인은 도박에 미쳐서 전 재산을 날리고 자살한 후고, 그 뒤로 가족들은 그 차를 본 적도 없다고 했다.

"대포차를 추적하는 건 힘들지?"

"사실상 불가능하죠. 한 지역에서 활동하는 차량이라면 그나마 낫지만."

이번에는 그것도 아니고 전국을 돌아다니는 놈들이 쓰고 있다.

"딱지 같은 건 기록에 없습니까? 그런 게 있다면 대충이라도 확인할 수 있을 텐데."

"전혀요. 아무것도 없어요. 이놈들, 무척 조심하나 봅니다."

과속도, 불법 주차도 하지 않는다고 한다.

그러면 딱지 같은 게 나올 이유가 없다.

"주차장은요?"

"해당 지역 주차장에서 확인해 봤는데 전부 현금으로 결제했다고 하더군요."

"주변 가게들은요?"

한 지역을 확인하려면 상당히 오래 돌아다녀야 한다.

당연히 먹고 마시는 일이 문제가 된다. 어딘가에서는 결제했을 가능성이 크다.

그래서 노형진은 혹시나 하고 물었지만 김정기는 고개를 흔들었다.

"주변 가게들을 확인해 봤습니다만 애석하게도 현금만 쓰는 타입이라……."

하긴, 이런 신중한 타입은 아예 실수를 방지하기 위해 카드 자체를 들고 다니지 않을 가능성이 크다.

"최근 말고 다른 시기는?"

그런데 돌연 오광훈이 새로운 의견을 제시했다.

"이 두 연놈이 범인이라면 말이야, 실종된 애들을 더 찾아봐야 하는 거 아냐?"

"그게 뭔 소리야, 뜬금없이?"

"아니, 아무리 봐도 성인을 납치할 수 있는 놈들은 아닌 것 같으니까 하는 말이지."

오광훈은 멈춰 있는 영상을 보면서 눈을 찡그렸다.

"변호사들이 각자의 특기가 있는 것처럼 범죄자들도 각자의 특기가 있다고. 사기 치는 새끼는 사기만 치고, 사람 패는 새끼는 사람을 또 패. 사기 치던 놈이 갑자기 사람을 패거나 도둑질하는 걸로 방향을 바꾸지는 않는단 말이지."

"그래서?"

"임신한 여자가 낀 2인조가 성인 남녀를 납치하는 건 힘들지 않겠어?"

김소라도 동의한다는 듯 고개를 끄덕거렸다.

"아마 오광훈 검사님의 말씀이 맞을 거예요. 분명 담당하는 조직원이 따로 있겠지요."

"그런가?"

"지금 패턴을 보면 이들은 상당히 체계적으로 움직여요. 두 사람이 이렇게 움직이면서 납치할 수는 없을 거예요."

"흠……."

물끄러미 영상을 보던 노형진은 문득 한 가지 가능성에 대해서 생각하기 시작했다.

바로 납치해서 팔아먹는다는 행위에 대해서 말이다.

"납치하는 사람들을 어디다 팔아먹을까?"

"그건 또 뭔 말이야?"

"네가 그랬잖아, 납치하는 놈은 납치만 한다고."

"그렇지."

"그런데 자기 업으로 납치를 하는 놈이 그 사람을 그냥 가둬 두거나 하지는 않을 거 아냐?"

"그야 그렇지."

그런 놈이라면 연쇄살인마거나 강간을 목적으로 노예화하는 것이 목적인 거지, 업으로 사람을 납치하는 놈은 아닐 거다.

"그러니까 납치한 사람을 어딘가에 넘길 거야. 그건 확실하지."

"그런데?"

"그러면 오광훈 네가 말한 대로 납치한 사람이 아니라 납치된 사람을 추적하는 것도 가능하지 않을까?"

납치범을 추적하는 건 거의 불가능에 가깝다. 지금 상황도 어찌어찌 운이 좋아서 특정했지만 보통은 기록이 없다.

"하지만 납치해서 넘긴 사람들은 특정 목적을 가지고 이용되지."

노동력 아니면 성 노예 등등. 사실 이 두 가지 목적이 거의 대부분이다.

"그래서?"

"그리고 네가 말했잖아, 범죄를 저지르는 놈은 똑같은 범죄를 계속 저지른다고. 그러니까 어디에 있는지 알고 있고 추적하기도 쉽다는 거지."

폭력 사범은 다음 죄도 폭행일 가능성이 크고 사기꾼은 다음 죄도 사기일 가능성이 크다.

"그 말은 동일한 죄를 저지를 놈들이 있다는 거지."

인신매매란 사람을 파는 행위만 포함된 게 아니다. 사람을 사는 행위 역시 포함된 것이다.

"즉, 사람을 사서 써먹으려고 하는 놈들이 또 그 짓거리를 할 거다?"

"그래. 우리나라 법의 한계는 명확하니까."

인신매매를 하면 분명 사람을 산 구매자도 강하게 처벌해야 한다. 매매란 사고파는 걸 말하니까.

그런데 이상하게 한국의 법원은 구매자에 대해서는 무척이나 관대하게 처벌한다.

이유는 보통 그런 자들이 지역의 유지인 경우가 많기 때문이다.

한국의 인신매매는 보통 노동력을 목적으로 이루어지는데, 그런 구매자가 지역에서 힘 좀 쓰는 자들이다 보니 지역판검사들이 알아서 챙겨 주는 거다.

실제로 수십 년 동안 사람을 노예로 쓴 염전 주인들이 제대로 된 처벌은커녕 벌금 조금 내고 땡 치는 경우는 흔하게 넘쳤다.

"하지만 그런 사람들을 어디서 찾아요?"

그 질문에 노형진은 완전히 잊어버리고 있던 업무 하나가 생각났다.

그는 바빠지면서 이제는 하지 않는 업무지만 새론에서는 아직까지 하고 있는 업무였다.

"우리 새론에 순환 감시 팀이 있지 않아요?"

"있지요. 아!"

김소라도 노형진의 말에 탄성을 내질렀다.

"순환 감시 팀?"

오광훈과 김정기는 그게 뭐 하는 팀인지 몰라서 어리둥절한 모양이지만 김소라는 좋은 생각이라는 듯 감탄했다.

"네, 새론에는 순환 감시 팀이 있어요!"

"그 순환 감시 팀이 섬의 범죄 내역은 아마 거의 대부분 기록하고 있을 텐데. 인신매매를 하면 현대에는 대부분 그런 섬이나 중국 아니면 일본으로 가지 않습니까?"

"맞아요. 어쩌면 관련 자료가 있을지도 모르겠네요."

노형진은 자리에서 벌떡 일어났다.

"바로 가죠. 어쩌면 거기에 우리에게 필요한 자료가 있을지도 모릅니다."

순환 감시 팀.

새론 초반에 만들어진 팀이다.

정확히는 김성식을 만나게 된 염전 노예 사건 이후에 만들어진 팀이다.

정식 팀은 아니고 비정기적으로 만들어져서 전국에 있는 주요 염전이나 섬 등에 가서 납치된 사람들이 있는지 그리고 그곳에서 인신매매가 이루어지고 있는지 등을 확인한다.

지역 경찰은 대부분 그런 인신매매의 구매자들과 결탁한 경우가 많아서 수사나 구조가 제대로 이루어지지 않는다.

그런 염전이나 섬에서 사람이 탈출하면 지역 경찰이 잡아다가 주인이라는 작자에게 데려다줄 정도니까.

경찰이 그 지경인데 지역 주민들이 제대로 도와줄 리가 없다.

그러다 보니 여전히 한국은 인신매매가 이루어지고 있는 나라 중 하나다.

그리고 새론의 순환 감시 팀은 그들의 존재를 확인하는 업무를 맡는다.

보통은 새론에 처음 입사한 사람들이 맡는데, 그 과정에서 새론의 정신을 배우고 현실을 두 눈으로 제대로 확인하라는 의미였다.

사건이 서류상으로만 벌어지는 게 아니라는 걸 한 번은 느껴야 하니까.

물론 그렇다고 해서 그들이 위험한 건 아니다.

그렇게 순환 감시하게 되는 팀은 경호원이 다섯 명 붙는다.

특정 성별만 가면 이상해 보이기에 변호사가 남자인 경우에는 여자를 세 명, 변호사가 여자인 경우에는 남자를 세 명 정도로 해서 3 : 3 비율을 맞춰서 붙인다. 그래야 의심을 피할 수 있기 때문이다.

그리고 그들은 안전을 위해 온갖 무장을 한다.

트렁크에 방검복 세트를 챙기고, 만일을 대비해서 위성 핸드폰을 두 개나 지급하며, 경호원들은 3단봉뿐만 아니라 최루액에 방독면까지 가지고 간다.

사실상 섬 같은 곳은 그 자체가 하나의 적지인 경우가 대부분이니까.

"실제로 그런 경우가 있었지."

노형진은 순환 감시 팀이 생긴 극초반의 기억을 더듬으며 말했다.

"피해자를 찾았는데 그 피해자를 잡고 있던 놈이 섬의 이장이었어. 그리고 알겠지만 섬의 이장이라고 하면 권력이 장난이 아니거든."

큰 섬이라면 이장 따위겠지만 인구가 고작 서른 명 내외의 작은 섬이었다.

남자만 있는 기괴한 구조의 어촌. 그곳에 있던 술집이 목표였다.

그런 술집에서 일하려고 하는 여자는 거의 없다.

그런 섬에서는 사실상 온 마을 남자들의 성 노예 취급을 당하니까.

"아니나 다를까, 구출하는 데에는 성공했는데 나오기 직전에 걸려 버렸어."

만일 그 여자가 나가서 모든 걸 고발하면 자기들 인생을 조지는 걸 알고 있던 섬의 남자들은 흉기를 들고 쫓아왔으나, 다행히 아슬아슬하게 배를 타고 탈출할 수 있었다.

"그리고 바다에서 한 세 시간을 추격전을 벌였던가?"

그 당시 노형진과 경호원들은 탈출에 성공했다고 생각했지만 섬의 남자들은 자기들 배를 이끌고 추격해 왔다.

거기서 잡히면 다 죽는 걸 알기에 한참을 추격전을 벌인

끝에 나중에 신고받은 해경이 출동해서 그들을 일망타진하고 나서야 문제가 정리되었다.

"저도 그 기록 봤어요. 그 섬에서 죽은 여자만 다섯 명이라면서요?"

"드러난 것만 그랬죠."

인신매매로 여자를 공급하는 섬이었고, 그 여자가 아파도 병원에 데려갈 수 없기에 그냥 죽게 방치했던 것.

"지금이야 많이 줄었지만."

줄었다는 게 사라졌다는 뜻은 아니다.

그들은 더더욱 비밀을 감추기 위해 혈안이 되었고, 한 무리의 사람들이 들어가면 경찰이 와서 신분을 확인하는 지경까지 이르렀다.

"어떤 섬에서는 거기 순경이랑 자경단이 스물네 시간을 감시하더라니까."

당연히 켕기는 게 있다는 소리였고, 그들이 기존 팀을 감시하는 사이에 다른 팀을 하나 더 보내서 노예로 잡혀 있던 사람들을 구출했다.

"그리고 인신매매하는 전문 조직이라면 그런 곳에 넘기는 게 일반적일 거야."

즉, 기록을 뒤져 보면 의심스러운 곳이 있을 거라는 게 노형진의 생각이었다.

"일단 가서 뒤져 보죠."

노형진은 오광훈과 함께 가서 기록을 살피기 시작했다.

물론 기록을 뒤진다고 해서 모든 게 나올 거라고는 생각하지 않는다. 하지만 최소한 인신매매가 아직 이루어지고 있는 곳은 대충 알 수 있었다.

역시나 대부분의 수사는 그 지역 사람을 잡는 것으로 끝났다.

그들에게 사람을 팔아넘긴 인신매매범을 수사한 경우는 아주 극히 드물었다.

그만큼 지역 경찰이 그들과 결탁하고 있기 때문이다.

그렇게 한참을 뒤지던 노형진은 생각도 못 한 이름을 발견했다.

"청송당도?"

"왜 그래?"

"아니, 아까 말한 그 사건이 벌어진 게 바로 청송당도였거든."

그런데 사건 기록을 보니 3년 전 다시 한번 단속에 걸렸던 기록이 있다.

"그때 박멸되지 않은 건가?"

"그러게요. 혹시 그 당시 담당했던 변호사한테 물어볼 수 있을까요?"

"일단 물어보죠."

노형진은 기록을 확인하고는 바로 그에게 전화를 걸었다.

그리고 변호사는 의외의 사실을 알려 줬다.

─아, 그 섬요? 저도 기억하죠. 거기 그 당시 범인들이 여

전히 어업 중에 있습니다.

"그 당시라고 하시면······?"

─저도 기록 봤습니다. 노형진 변호사님이 소탕했던 그때 그놈들 말입니다.

"네? 그놈들요?"

─어딜 가겠습니까? 해당 지역 경찰이 필사적으로 실드 치는데요.

"아······ 하긴."

안 봐도 뻔하다. 지역 경찰이 어떻게 해서든 보호하려고 필사의 몸부림을 쳤을 테고, 아마 터무니없는 형량이 나왔으리라.

─나중에 확인해 보니까 다 집행유예가 나왔더라고요. 그 후에 계속 그 섬에서 어업에 종사하고 있는 걸로 알고 있습니다.

"미친 새끼들."

하긴, 어디 갈 수 있는 것도 아닐 테니까 이해는 간다.

다른 걸 하면서 먹고살자니 나이 먹은 사람들에게는 힘든 일이고, 그렇다고 다른 곳에서 일하자니 이미 소문이 파다하게 난 범죄자들을 누군가 써 주지는 않을 테니 결국 다시 끼리끼리 뭉쳐서 일을 시작했을 것이다.

"혹시 최근에 거기 다시 간 적이 있습니까?"

─안 그래도 팀을 한 번 더 보낸다는 이야기가 있기는 하

더라고요.

"그렇단 말이지요."

노형진은 눈을 반짝거렸다.

⚖️

"한 번도 아니고 두 번이나 그런 짓을 한다면 당연히 세 번째도 있는 법이지."

"확신하는 거야?"

오광훈은 눈을 찌푸리며 물었다.

순환 감시 팀에서 나온 노예 기록은 생각보다 많았는데 노형진이 왜 콕 집어 청송당도를 의심하는지 이해가 가지 않았으니까.

"확신까지는 아니지만 가능성이 높다는 거지."

"어째서?"

"다른 기록들과 다른 게 하나 더 있었거든."

다른 곳은 기존에 납치해서 공급하던 인신매매범들에 대해서 제대로 된 처벌이 이루어지지 않았다.

입도 뻥긋하지 않았기 때문에 신분을 확인하는 것도 쉽지 않았다.

하지만 이 청송당도의 경우는 한 번도 아니고 두 번이나 걸렸고, 당연히 검찰에서도 미친 듯이 잡으려고 했다.

"그 덕분에 청송당도에 사람을 판 인신매매범들은 확실하게 잡혔어."

아무리 인신매매가 구매자는 처벌을 안 한다고 하지만 납치까지 한 판매자는 제법 강한 처벌을 받는다.

"즉, 지금 청송당도에는 기존에 거래하던 인신매매범이 없다는 거야. 그런데 만일 청송당도에서 다시 새로운 인신매매를 하려고 한다면?"

"새로운 조직을 찾아야 한다는 소리네."

"그래. 그리고 우리가 추적하는 놈들이 새로운 조직이라면 아마도 자기 세력을 늘리기 위해 여기저기 찔러볼 가능성이 크니까."

물론 섣불리 찔러볼 수는 없다.

하지만 청송당도는 이미 해당 범죄로 두 번이나 섬이 뒤집어졌던 곳이다.

그 말은 세 번째에 대해 범죄자들이 확신하기 쉽다는 거다.

"더군다나 제대로 처벌받은 인간이 한 명도 없잖아."

두 번이 가능하다면 세 번도 가능하다. 특히 범죄자들은 그런 성향이 더더욱 강하다.

거기다 경찰이 필사적으로 보호해 주고 있다는 걸 아는 이상에야 더욱 뻔뻔하게 나오게 되는 게 인간이다.

"아니, 그런데 거기서 사람이 죽었다면서? 그런데 그걸 풀어 줘?"

"음…… 그게, 죽은 것과 죽인 건 다르니까."

"뭐?"

"사람이 죽은 건 맞아. 하지만 아픈데 방치한 것뿐이거든."

직접 손댄 게 아니라 아픈 걸 알면서도 방치하고 병원에 데려다 달라고 비는 피해자를 모른 척한 것뿐이다.

"보호의 의무가 없으니까 처벌 대상이라고 보기에도 애매하지."

"닝기미."

"더군다나 그런 경우는 대부분 몰랐다고 딱 잡아떼면 처벌을 안 하거든."

실제로 장애인을 납치해서 노예로 쓴 염전 주인은 집행유예로 풀려났었다.

그리고 더 황당한 건, 그렇게 처벌받은 후에도 여전히 염전 노예를 쓰고 있다는 거다.

"헬조선이라는 말이 괜히 생긴 게 아니라니까."

노형진은 그렇게 말하면서 쓰게 웃었다.

"그런데 왜 경찰은 사람을 납치해서 판매한 놈을 조사하지 않는 거야? 산 놈이 있다면 판 놈도 있는 건 당연한데."

"인신매매범을 잡는 순간 그때는 봐줄 수가 없거든. 한국의 인신매매법의 처벌 기준은 지랄같이 협소하기도 하고."

"협소? 무슨 소리야?"

"쉽게 말해서 인신매매를 인정하지 않으려고 법을 만들어났다는 거야."

유엔의 인신매매 방지 의정서에서는 인신매매를 '착취를 목적으로 위협, 사기, 권력 등을 이용하여 사람을 모집 운송, 이송, 은닉, 인수하는 것이다.'라고 정의했다.

쉽게 말해서 동의 없이 어떤 형식으로든 개인의 신상을 다른 사람이 강압하는 경우 인신매매라고 볼 수 있다는 소리다.

하지만 한국은 2013년에 인신매매죄를 사람을 매매하는 것만으로 정의했다.

"인신매매죄가 2013년에 생겼다고? 잠깐, 그러면 그 전에는 뭐야?"

"뭐긴, 애초에 남자는 사람으로도 안 봤지. 그 전에는 인신매매가 아니라 부녀매매죄였어. 여자만 그런 인신매매의 보호 대상이었다는 거지."

"뭐? 그딴 법이 어디 있어?"

"한국이잖아. 헬조선 소리가 그냥 나왔겠냐? 꼴이 그런데 제대로 된 처벌 규정이 만들어지겠냐고. 애초에 인신매매는 대부분 처벌을 안 해. 내가 알기로는 인신매매로 처벌된 게 10년 동안 열 건도 안 될걸."

즉, 진짜 돈을 주고 사람을 거래한 경우만 인신매매로 처벌한다는 거다.

문제는, 이걸 경찰에서 입증해야 하는데 대부분의 경우 경찰에서 입증을 위한 수사를 제대로 하지 않는다.

현행법상 인신매매는 2년 이상 15년 이하 징역이고, 그 과정에서 상해가 발생한 경우는 3년 이상 25년 이하 징역이다.

사실상 자기가 팔려 나가는데 저항하지 않을 사람은 없으니까 필연적으로 상해가 발생한다.

"그런데 경찰은 인신매매를 잘 인정하지 않지."

"아니, 뭐 그런 개떡 같은 경우가 다 있어?"

"한국의 법의 한계야. 한국의 법은 어떻게 해서든 범죄자 우선으로 구성되거든."

문제는 이 매매라는 것에 있다.

매매라는 건 사람을 납치해서 건네야 하는 건데, 다른 방법을 쓰면 그게 무력화되는 거다.

"가령 이런 거지. 속여서 계약서를 쓰고 소개비라고 돈을 받으면 그건 인신매매가 아니야."

실제로 대한민국의 대부분의 인신매매는 그런 식으로 이루어진다.

지능이 낮거나 절박한 사람들에게 직업을 소개시켜 준다고 접근한 뒤 계약서를 받고 그들을 염전이나 어선의 선원으로 팔아넘기는 것이다.

"그리고 그 후에 소개라고 주장하는 거지. 직업을 소개한 것 자체는 맞으니까."

그래서 경찰이나 법원은 그런 사건은 인신매매로 처벌하지 않는다.

"아니면 채무를 이용한다거나."

"채무?"

"그래. 너도 알잖아. 옛날에 술집에서 많이 썼다면서?"

"아, 뭔지 알 것 같네. 우리 가게는 안 했다."

"안다. 하여간 그것도 인신매매라고."

채무란 일해서 생기는 수익보다 발생하는 배상금이 더 많도록 설계하는 것을 의미한다.

대표적인 예가 바로 한국의 술집들이다.

지금이야 많이 바뀌었지만 옛날에는 그런 방법이 흔했다.

어떤 식이냐면, 술집에서 일하는 직원에게 온갖 말도 안 되는 가격으로 채무를 뒤집어씌우는 거다.

꾸미기 위해 미용실에 가야 할 경우 그 비용을 술집에서 내주는 대신 1회당 30만 원씩 매긴다거나, 저녁으로 짜장면 한 그릇 시켜 주고 3만 원씩 매긴다거나, 몸이 안 좋거나 생리를 해서 일하지 못할 경우 하루에 100만 원씩 벌금을 매기는 형태로 버는 돈보다 많은 돈을 토하게 해서 계속 일을 할 수밖에 없게끔 만들었다.

물론 신고하면 풀려나지만, 문제는 그 당시에는 신고해도 경찰이 도와주지 않았다는 것이다.

신고해 봐야 도리어 술집 주인에게 그 사실을 알려 주거나 돈을 받고 무마해 줬다.

지금은 그럼 나아졌을까?

애석하게도 아니다. 그저 과거보다 덜할 뿐이다.

그것도 경찰이 나아져서라기보다는 그들이 시스템을 바꿔서 그렇다.

과거에는 납치해서 강제로 술집에서 접대를 시키며 말도 안 되는 방식으로 빚을 뒤집어씌웠다면, 지금은 돈 쓰는 맛을 보게 하고 슬금슬금 술집으로 유인하는 형태를 선호한다.

일단 그러한 형태는 자발적으로 술집으로 오는 것으로 보이기 때문에 경찰도 딱히 제재하거나 할 이유가 없다.

"내가 전에도 말했지, 불법은 부지런하다고."

경찰이나 정부에서 막으려고 하면 단시간 내에 새로운 방법을 만들어 내는 것이 바로 범죄자들이다.

"뭐, 제대로 처벌하지 않으니까 버티는 거지."

"그런데 말이야, 우리가 이렇게 간다고 해서 공급책이 누군지 알 수 있을까?"

오광훈은 거친 파도를 바라보면서 말했다.

늦은 밤, 그들은 따로 구한 배를 타고 섬으로 가고 있었다.

애초에 여객선이 다니는 섬이 아니기에 결국 배를 구해서 가야 하는데, 다른 배를 타고 낮에 들어가면 번개같이 피해자를 숨겨 버린다.

순환 감시 팀은 변호사지 사법권을 가진 경찰이나 검찰이 아니기 때문에 집 안에 숨겨 버리면 그들을 꺼내 줄 방법이 없다.

그래서 걸리지 않게 하기 위해 일부러 늦은 밤, 다른 곳에 있는 배를 빌려서 청송당도로 향하고 있었다.

"방법이 있지."

노형진은 주먹을 쥐었다 폈다 하면서 섬이 있는 방향을 바라보며 말했다.

"입으로는 말하지 않아도 기억이 떠오르는 건 어쩔 수 없으니까."

노형진의 말에 오광훈은 상당히 괴이쩍은 표정이 되었다.

⚖️

늦은 밤. 청송당도에 내리는 건 어려운 일이었다.

부두에 내리면 그 순간 걸릴 게 뻔하기에 굳이 따로 구한 고무보트를 타고 안으로 들어가야 했다.

다행히 그 후에 청송당도 내부로 들어가는 것은 그다지 어렵지 않았다.

애초에 섬이라지만 항구가 큰 것도 아니고, 어업 기지에 가까운 작은 섬이다.

배들이 여기에 정박은 하지만 판매는 다른 대형 공판장에 하는 그런 섬인지라 규모는 크지 않았다.

그렇다 보니 밤에 해안가를 걸어서 안으로 들어가는 것은 금방이었고, 노형진은 익숙하게 오광훈과 다른 사람들을 이끌고 기억 속에 있는 술집으로 향했다.

"얼씨구."

아씨네라는 술집에는 이미 사람들이 꽉 차 있었고, 심지어 바깥에까지 줄 서서 기다리는 사람들도 있었다.

"인간들 개 많네."

오광훈은 눈을 찡그렸다.

하긴, 거친 바다 생활을 하는 놈들이다 보니 술과 여자에 환장하리라는 건 어렵지 않게 알 수 있었다.

"이상한데?"

"응? 뭐가?"

"손님이 너무 많아."

"많다고?"

"그래. 여기는 말이야, 술집이라고. 그것도 이런 곳이 으레 그렇듯 소위 2차까지 가능한 술집."

쉽게 말해서 성매매까지 가능한 그런 곳이라는 건데, 굳이 이렇게 줄까지 설 이유는 없다.

"보통은 예약을 잡고 손님을 받거든. 전에도 그랬고."

그래야 이런 혼란도, 단속도 피할 수 있을 테니까.

"그런데 줄 서서까지 이렇게 술을 마신다고? 이해가 가냐?"

"으음? 오늘 뭐 특별한 날 아냐?"

"특별한 날이면 여기가 아니라 다른 큰 도시로 갔겠지."

이런 작은 섬에 있는 술집이라고 해 봐야 뻔하다.

이 섬의 인구는 서른 명 정도. 일시적으로 외부에서 들어오는 선원들까지 포함해도 채 쉰 명이 안 된다.

이런 곳에 술집이 여러 개가 생길 리가 없다.

"거의 이 술집이 유일하지."

그러니까 다 같이 놀려면 아예 대형 항구로 가는 게 훨씬 편하다.

그런 곳은 대부분 항구 주변으로 유흥가가 잘 조성되어 있으니까.

"이해가 안 가는데."

오광훈이 씩 하고 웃었다.

"이해할 필요가 있어?"

"응?"

"형진이 너는 사건을 너무 이해하려고 해서 탈이라니까."

어느 틈엔가 주머니에서 총을 꺼내 드는 오광훈.

"잡아서 족치면 되는 거야."

"총? 아니, 그걸 줬어?"

"섬에 들어가서 구출 작전 한다고 하니까 지급하던데?"

"끄응……."

사실 검찰은 일반적인 경우 총기를 들고 다니지 않는다. 검찰이 총기를 쥐는 경우는 아주 위험한 작전일 때뿐이다.

'하긴, 이런 곳의 사람들은 기질이 아주 억세니까.'

좋게 말하면 억센 거고, 나쁘게 말하면 브레이크가 없는 거다.

여기서 도망갈 때도 노형진의 뒤로 십여 대의 어선이 따라온 걸 보면 안다.

그놈들에게 잡혔다면 어떻게 되었을까? 아마 볼 것도 없이 바다에 수장되었을 것이다.

심지어 모든 배에 무전기가 있었다.

즉, 노형진이 탄 배가 도주하면서 지원을 부른 걸 알면서도 따라왔던 작자들이다.

그러니 위험하다고 검찰에서 판단한 모양이다.

"일단 조져 보면 알겠지."

"정답이네."

오광훈의 말에 노형진도 이번만큼은 수긍했다.

이 작은 섬에서 도망가 봤자 얼마나 도망치겠는가?

배를 타고 도망간다?

항구는 이미 도망갈 길이 없다.

항구 앞에는 방파제가 있고, 그 방파제의 유일한 입구는 해경의 순찰선이 조용히 불을 끄고 감시하고 있다.

신호를 하는 순간 몸으로 입구를 틀어막을 거다.

"들어가자."

노형진이 고개를 끄덕거리자 오광훈이 전면에 나섰다.

일단 이건 공식적으로는 검찰의 작전이니까.

"꼼짝 마. 경찰이다!"

"나는 검찰이다!"

노형진을 따라온 외부 경찰들이 나서서 그들을 포위했고, 오광훈은 뒤를 따라가면서 크게 소리 질렀다.

"뭐야?"

"경찰?"

"아니, 우리도 놀기 바빠 죽겠는데 왜 자꾸 와?"

그런데 분위기가 이상했다.

다들 당황해서 도망가거나 저항할 줄 알았는데 귀찮아하는 기색이 역력했다.

"뭐…… 뭐야, 이거?"

너무 예상 밖의 모습이라 오광훈조차도 당황해서, 달려가다 멈출 수밖에 없었다.

"거참, 순번 좀 지키지?"

"순번?"

"우리도 오늘 힘들게 예약한 거거든!"

"뭐 하는 거야, 진짜?"

"순번? 예약?"

모두가 서로를 어리둥절한 표정으로 바라보는 그 상황에서 역시 멍하니 그들을 보던 노형진은 기가 막혀서 한마디 했다.

"우리, 여기 경찰 아닌데요."

"뭐?"

그게 무슨 소리냐는 표정으로 바라보는, 기다리던 손님들.

그리고 노형진이 무슨 말을 하는지 알아들은 김정기의 얼굴에는 당혹감과 창피함이 서렸다.

"전국 광역 수사 팀 김정기 경사입니다."

"광역 수사 팀? 경사?"

가만히 서서 그 말을 곱씹던 사람들은 뭔가를 깨달은 듯 갑자기 몸을 돌려서 전력으로 도망치기 시작했다.

"뭐가 어떻게 된 거야?"

오광훈은 그런 놈들을 따라가지 않았다. 노형진에게 말한 것처럼 여기서 도망가 봤자 갈 곳이 없으니까.

"아무래도 다른 경찰들이 여기에 놀러 온…… 모양입니다."

"뭐?"

"아니, 미친……."

조사해 봐야겠지만 만일 그게 사실이라면 경찰의 수치나 다름없다.

"어차피 저놈들은 잡아 봐야 당장 뭘 할 수 있는 것도 아니니 항구 봉쇄하라고 하고 술집부터 들이닥쳐!"

오광훈은 거칠게 말하면서 앞장서서 가게 안으로 들어갔다.

가게 자체는 크지 않고 방도 두 개뿐인, 소위 말하는 방석 집이었다.

"경찰이다! 모두 꼼짝 마!"

"경찰?"

"아, 진짜 다짜고짜 오지 말라니까."

안에 있던 다른 손님들도 그저 짜증을 조금 낼 뿐, 그다지 놀라지 않는 투였다.

하지만 오광훈도 이미 상황을 알아서 그런지 시큰둥하게 말했다.

"나 서울에서 왔는데?"

"뭐?"

"너희가 아는 경찰이 아니라, 서울에서 너희를 잡으러 온 사람들이라고."

술에 취해서 해롱거리던 남자들은 경찰들의 면면을 살피다가 아는 사람들이 아니라는 사실을 깨닫고 기겁했다.

"이런 씨팔!"

"튀어!"

"튀긴 어디로 튀어?"

'우당탕!' 하는 소리와 함께 난리가 났다.

술집이 뒤집어지고, 술상은 엎어지고, 입구로 도망가려던 남자들은 경찰들에게 그대로 메쳐져 버렸다.

"으아아악! 놔!"

"지랄!"

개판이 된 상황.

여자들은 잔뜩 얼어붙어서 벌벌 떨었다.

하지만 노형진은 이럴 때 할 말이 뭔지 알고 있었다.

"서울에서 온 경찰입니다. 구해 드리러 왔습니다."

"서…… 서울요?"

"네. 여기 경찰이 아니라 서울에서 따로 내려온 사람들입니다."

상황을 보아하니 여기 경찰들도 드나들었던 모양인데, 그게 사실이라면 이 여자들이 구해 달라고 할 리가 없기에 한 말이었다.

"진짜예요?"

"우리 구하러 온 거예요?"

세 명의 여자들의 얼굴에 기대감과 희망 그리고 서러움이 몰려들었다.

"네, 여기 계세요. 이 사람들부터 제압하고 오겠습니다."

난리 법석이 난 사이에 오광훈은 밖을 향해 소리를 질렀다.

"여경들 뭐 해! 와서 피해자들 진정시켜!"

아무래도 이런 사건의 피해자들을 진정시키기에는 남자보다 여자가 더 용이하기 때문에 동행한 여경들이 나서서 그녀들을 케어했다.

그리고 잠시 후, 더욱 난리가 났다.

탕탕.

허공의 총소리.

여기서 나는 소리는 아니었다.

항구 쪽에서 나는 소리였다.

"아무래도 배로 도망가려고 한 모양인데?"

그러니까 배에 있던 해경이 공포탄을 발포한 모양이다.

"어선으로 그 배를 밀어서 도망가는 건 힘들 텐데."

체급 차이도 나는 데다가, 가만히 서 있는 게 아니라 엔진을 켜고 저항하고 있는데 밀릴 리가 없다.

더군다나 대부분 나무나 플라스틱인 어선과 다르게 해경 선박은 강철이다. 들이박아 봐야 자기들 배만 부서진다.

"도망가 봐야 부처님 손바닥 안이지."

오광훈이 득의양양하게 웃는 사이에 노형진은 구해진 세 명의 여자를 돌아봤다.

그러다가 눈을 크게 떴다.

"어?"

진하게 화장했지만 그 안에는 익숙한 얼굴이 한 명 있었기 때문이다.

"박……유나 학생?"

"저…… 저를 아세요?"

"아, 그러니까…… 서울에서 학생에 대해 수사 중이었는데……."

그녀가 어딘가로 끌려갔을 거라 예상은 했지만 설마 여기서 발견할 줄은 몰랐기에 노형진은 솔직히 당황할 수밖에 없었다.

"집, 서울 맞죠? 자원봉사 하러 갔다가 실종된 박유나 학생 맞지요?"

노형진의 말에 유나의 눈에 눈물이 그렁그렁 맺혔다.

"으아아앙……."

그리고 세상이 무너진 것처럼 서럽게 울기 시작하는 박유나.

노형진은 생각지도 못한 상황에 뭐라고 말할 수가 없었다.

인간 거래자

"나 진짜 딱 한 대만 때리면 안 될까? 딱 한 대만?"

"그걸로?"

노형진이 그의 손에 들린 쇠파이프를 심각한 얼굴로 바라보자 오광훈은 아주 당당하게 말했다.

"응."

"누구를 죽이려고?"

"아무나 죽여 버리고 싶은데."

"너무 쉬운 용서라고 생각하지 않아? 그거 맞고 한 방에 죽으면 그 새끼는 너무 편하게 가는 것 같은데."

"씨팔 새끼들."

노형진도 오광훈의 마음을 이해했다.

노형진뿐만이 아니다.

경찰과 검찰의 수사관 그리고 급파된 다른 지역 형사들도, 얼굴만 봐서는 그냥 범인들의 머리에 총구를 대고 방아쇠를 당기고 싶은 표정이었다.

"어린애를 두고 뭔 짓이야, 개 같은 새끼들."

술집에 왜 그렇게 손님이 많았는지 나중에야 알 수 있었다.

이 미친놈들은 미성년자가 잡혀 온 걸 알면서도 영계랑 놀 수 있다면서 눈이 뒤집힌 것이다.

유나 외에 다른 두 명도 납치되어 온 사람들이었는데, 그녀들은 30대 중반이었다.

하지만 유나는 미성년자였고, 그에 혹한 미친놈들이 그렇게 줄 서서 기다린 것이다.

"이런 개…… 아우……."

"이게 무슨 창피랍니까?"

더 큰 문제는 이 지역을 담당하는 경찰이 그 사실도 알고 있었다는 거다.

전부가 다 아는 건 아니고 두 명 정도가 알고 있었는데, 그놈들이 했다는 말이 가관이었다.

서울에서 높은 분들은 어린 계집을 끼고 노는데 자기들은 지금이 아니면 언제 그래 보겠느냐면서 때때로 여기까지 와서 놀다 갔다는 것.

"이게 뭔…… 개 같은…… 후우……."

그 사실이 알려지자 경찰청은 노발대발하면서 당장 감사 팀을 내려보내겠다고 했다.

"피바람이 불겠네."

"지역 경찰 제도는 어떻게 고치든지 해야지, 원."

경찰이 한 지역에 오래 배치되어 근무하다 보니 그들이 부 패하기 시작하면 도무지 답이 없다.

특히나 이런 도서 산간 지역은 경찰이 하나의 권력자가 되 는 경우가 비일비재하다.

"아오, 이 새끼들을 다 죽일 수도 없고."

무릎을 꿇고 경찰의 수송선박을 기다리던 남자들은 고개 를 푹 숙였다.

그중 일부는 흠뻑 젖어 있었는데, 이유는 간단했다.

도망가기 위해 해경의 선박을 배로 들어받아 버린 것이다.

술에 취해서 밀어 버리겠다고 들이박았지만 작지도 않은 해경 순찰선을 이길 수 있을 리가 없으니 도리어 자기들의 배에 구멍이 나면서 그대로 침몰해 버렸다.

그렇게 배가 두 척이나 침몰되고 나서야 도주를 포기했고, 해경은 물에 빠져서 허우적거리는 놈들을 건져 올렸다.

"개 같은 새끼들, 그냥 물속에서 뒈져 버리지."

오광훈은 차가운 눈빛으로 그들을 노려보았다.

그가 가장 싫어하는 것 중 하나가 바로 인신매매니까.

"그런데 유나가 도대체 왜 여기 있는 거야?"

"뭐, 인신매매를 하고 나서 걸리지 않을 만한 곳에 넘겼겠지."

죽일 수도 없고 그렇다고 풀어 줄 수는 더더욱 없고, 돈에 환장한 놈들이니 유나를 팔아먹을 생각을 했을 것이다.

그리고 우연히도 그곳이 이곳이었고.

"그러면 그 새끼들을 바로 잡을 수 있는 거 아냐?"

"당장은 아니야. 일단 유나가 어느 정도 진정된 후에 할 일이야, 그건."

아무리 급하다고 해도 지금은 상황이 아니다.

박유나는 울다가 기절했고, 소식을 들은 부모님이 다급하게 이곳으로 오고 있다고 했다.

"아마 어느 정도 마음이 안정된 후에 심리 전문가를 동석한 상태에서 진술을 받아야겠지."

"끄응, 시간이……."

"나도 알아. 하지만 지금 상황에서 질문한다고 해서 제대로 된 답이 나올 거라고 보기는 힘들지 않겠어?"

지금은 거의 정신이 나간 상황이다. 물어본다고 한들 답이 나올 리가 없다.

"그러니까 조금 기다려. 결국 답이 나올 테니까."

"알았다, 알았어."

고개를 끄덕거리는 오광훈.

그러더니 그는 조심스럽게 다시 물었다.

"저 새끼들 진짜 딱 한 대씩만 때리면 안 될까?"

⚖️

얼마 후 노형진에게 박유나의 진술서가 도착했다.

심리적 충격이 워낙 큰 일이기에 전문가의 동석하에 그쪽에서 만든 거다.

그런데 그게 작성되는 사이, 생각지도 못한 일이 터졌다.

인터넷상에 청송당도의 진실과 범인들의 얼굴이 그대로 공개된 것이다.

"누가 이런 짓을 했을까?"

"그러게. 누우~가~ 그런 짓을 했을까?"

느긋하게 말하는 오광훈의 태도에 노형진은 피식 웃었다.

안 봐도 대충 예상이 가니까.

인터넷에 관련 범인들의 얼굴이 공개된 지 얼마 되지 않아서 신상이 털렸고, 이제 그 범인들은 어디에도 가지 못하게 생겼다.

"그나저나 네가 한 말이 맞는 것 같다. 그냥 죽여 버리면 너무 쉽게 보내 주는 꼴인 것 같네."

"뭐, 그렇기는 하지."

어차피 이미 인터넷에 퍼진 걸 삭제할 이유는 없다.

물론 삭제 전문 업체를 이용하면 가능하겠지만, 노형진이나 경찰이 굳이 그래 줄 이유는 없다.

범인들? 그놈들은 변호사비를 내는 것도 힘들 것이다.

그들이 살던 청송당도의 집은 누구도 사지도 않을 테니 내놔도 팔리지 않는 그런 곳이 되어 버렸으니까.

세상에 누가 온 주민이 납치 강간범인 섬의 집을 사겠는가?

"일단 사건 기록부터 확인하자."

노형진은 천천히 박유나 측에서 보내온 기록을 확인했다.

사건 자체는 노형진이 추측한 그대로였다.

공원을 가로질러서 자원봉사를 하러 가는 도중 유아용 왜건을 끌고 가던 두 사람을 발견했는데, 거기에 평소 알고 지내던 피해 아동이 있었다는 것.

그래서 누구냐고 물어보자 두 사람이 곤란스러워하더니 그중 남자가 갑자기 품에서 칼을 꺼내면서 위협했다는 것.

그런 연유로 결국 저항도 못 하고 끌려갔다는 것이다.

"하지만 이거 가지고는 여전히 잡을 수 있는 증거가 부족한데."

얼굴을 가리는 커다란 마스크와 모자를 쓰고 있는 것은 그당시도 마찬가지인지라 결국 박유나도 얼굴은 모른다고 했다.

차에 가서도 눈을 가리고 두건을 뒤집어씌우고 귀마개까지 했다고 한다.

일반적인 차량에 그런 물건을 가지고 다니지는 않을 테니까 분명 납치 전문 조직에서 운영하는 차량이었을 것이다.

"그나마 조선족이라는 사실을 알아낸 것만 해도 어디냐?"

"그렇기는 한데……."

그들은 거의 말을 하지 않았지만 박유나를 위협할 때 조선족 특유의 발음을 냈다고 한다.

물론 그렇다고 해서 범인을 특정할 수는 없었다.

한국에 들어온 조선족이 어디 한두 명인가?

"더군다나 공급책은 한국인이란 말이지."

결국 경찰에 질질 끌려간 범인들은 아는 바를 모두 토해낼 수밖에 없었다.

그런데 그 공급책은 한국인이었다.

물론 주민등록증 같은 걸 까지는 않았겠지만, 말하는 투를 봐서는 한국인이라는 걸 금방 알 수 있었다는 것이다.

"확실히 납치 전문 조직이라는 건데……."

계속 고민하면서 유나의 진술서를 읽던 어느 순간, 노형진은 생각지도 못한 내용을 확인했다.

"어?"

"왜? 무슨 일인데?"

"아니, 그 섬으로 넘어가기 전에 갇혀 있었던 기간에 말이야, 외부에서 큰 혼란이 있었다는데?"

"큰 혼란?"

"그래."

"아니, 뭔 혼란? 뭐, 누가 쳐들어가기라도 한 거야?"

"그건 모르지."

그녀는 어딘지 모르는 공간에 상당한 시간을 갇혀 있었다고 한다.

창문도 없어 날짜도 가늠할 수 없는 공간.

'그런 곳이 보통 사람의 정신을 갉아먹기는 하는데.'

하여간 그곳은 방음 같은 게 되는 공간은 아니었다고 했다.

그런데 어느 날 외부에서 여자의 비명도 들리고 갑자기 부산스러워졌다고 한다.

"진짜 다른 조직에서 습격한 걸까?"

"그건 아닐 것 같다. 그런 거라면 그날 구조되거나 다른 조직에 넘어갔겠지."

하지만 그런 일은 없었다. 얼마 후에 섬으로 팔려 갔으니까.

"그런데 무슨 소란일까?"

"비명이라…… 비명……."

노형진은 살짝 눈을 찡그렸다. 왠지 알 것 같았으니까.

"출산 아냐?"

"응? 출산?"

"그래, 출산. 임산부가 있었잖아."

"아!"

출산은 쉬운 일이 아니다.

당연히 여자들은 엄청난 고통을 겪는다.

"비명은 자연스럽게 지르게 된다고."

"아! 그랬겠네. 출산을 했다면 분명 가능하지."

오광훈도 알 것 같다는 듯 고개를 끄덕거렸다.

그런 곳에서 여자의 비명이 들릴 가능성은 두 가지다.

다른 피해자의 비명일 가능성, 아니면 범인인 임산부가 해산을 했을 가능성.

"아무래도 이걸 조사한 쪽에서는 다른 피해자인 쪽에 무게를 두는 모양인데……."

하지만 노형진은 범인이 출산했을 가능성에 무게를 뒀다.

이유는 간단하다. 그 비명이 그리 길게 가지 않았다고 했으니까.

물론 그 여자가 그 후에 제압당했을 수도 있다.

하지만 그랬다면 추후 다시 들리거나 했어야 한다.

그러나 그런 일은 없었다.

그저 빠르게 침묵이 찾아왔을 뿐.

"병원에 간 거 아닐까?"

"병원이라……. 하긴, 아무리 조심한다고 해도 자기 애가 나오는데 옆에서 느긋하게 구경하는 미친놈은 없겠지."

하물며 제대로 된 의료 시설도 없는 그런 버려진 집에서 출산이 임박한다면 두려움이 없었을 리가 없다.

"병원이라…… 병원……. 산부인과를 뒤져 봐야 하나?"

"그게 좋지 않겠어? 정말 출산을 했다면 산부인과에 찾아갔을 가능성이 클 테니까."

금방 비명이 사그라들었다면 역시 산모인 여자를 병원에 데리고 갔을 가능성이 높다.

"하지만 한 해에 태어나는 애들 숫자가 얼만데."

"물론 그렇지. 하지만 의료보험이 없는 사람이라면?"

"응?"

"의료보험 없이 애 낳는 사람은 거의 없을걸."

외국인이라고 해도 돈을 내면 한국 의료보험의 혜택을 받을 수 있다.

"하지만 의료보험이 없을 거라고 확신할 수는 없잖아. 조선족으로 의심되는 거랑 의료보험 혜택을 신청하지 않는 건 다르니까."

오광훈의 말이 맞다.

자신이 범죄자라고 고백하고 다니지 않는 이상에야 의료보험을 신청하는 건 전혀 다른 문제다.

"그렇지. 하지만 이런 범죄에 연루된 조선족들은 대부분 불법 밀입국자들이야. 정상적으로 들어온 사람들은 외국인 등록 번호가 있다고."

그리고 의료보험을 신청하기 위해서 외국인 등록 번호는

필수다.

"아, 그렇겠네."

"그것만이 아니야. 현금이라는 조건도 있지."

"현금이라……. 하긴 그놈들, 철저하게 현금만 쓰고 다녔지?"

그들은 단 한 번도 실수로라도 카드를 쓴 적이 없다.

그래서 추측하는 게, 그들이 카드를 가지고 다니지 않거나 애초에 만들지 않아서 사용하지 않는다는 것이다.

"그래도 너무 방대한데."

조선족, 의료보험 없음, 마지막으로 현금 결제.

그 모든 걸 다 합하면 분명 특정하기는 쉬워 보이지만 그렇다고 해서 아주 쉬운 것도 아니다.

일단 어디서 출산했는지 모르니까.

"아마 경상도 쪽일 거라고 생각은 하는데."

유나는 자신이 섬으로 끌려가기까지 걸린 대략적인 시간을 이야기해 줬다.

하지만 그건 어디까지나 대략적인 시간일 뿐이었다.

완전히 갇혀 있었던 데다가 정신도 혼미해서 감각이 엉망이었을 테니까.

그래서 그 대략적인 시간만을 기준으로 삼아서 경상도 어디라고 추측할 뿐이었다.

"그다지 많지 않을걸."

그러나 노형진의 생각은 달랐다.

"응? 왜?"

"너 모르냐? 한국 지방의 산부인과 상황은 중국만큼이나 열악한 거. 기억 안 나?"

"아, 맞다! 그랬지."

한국의 지방의 산부인과 상황은 아주 열악하다. 산부인과 자체가 그다지 많지 않다.

그마저도 진료 수준의 산부인과가 대부분이고, 출산이 가능한 산부인과는 아주 드물다.

"거기다가 그들은 사람이 없는 지역에 숨어 있었단 말이지."

즉, 대학 병원 같은 대형 산부인과를 갔을 가능성은 그다지 크지 않다는 소리다.

"생각보다 쉽게 나오겠어."

오광훈은 눈을 반짝거렸다.

그리고 그날부터 바로 수사 팀에서는 산부인과마다 전화를 걸어서 상황을 확인했다.

환자의 개인 정보를 확인하는 것은 영장이 필요하지만 단순히 환자의 존재 유무를 확인하는 것은 영장 없이도 가능했다.

더군다나 전화 초입에 아동 납치 살해 사건 관련으로 조사 중이라고 슬쩍 말만 해도 산부인과 병원에서는 적극적으로 조사에 임했다.

그 아이들이 태어나는 곳이 바로 산부인과니까.

거기에다 중국인의 발음에 무보험일 가능성이 높고 치료비를 현금으로 지불한 사람이 있느냐는 질문은 노형진의 말대로 가능성을 확 낮췄다.

현대에 대부분의 병원비는 카드로 결제하니까.

설사 현금으로 결제한다고 해도 체크카드로 하지 현금을 인출해서 결제하지는 않는다.

그렇게 이틀 정도가 지나자 드디어 한 병원에서 증인이 나왔다.

-아, 기억합니다. 30대 정도 되는 조선족 부부 같았어요.

"30대 말입니까?"

계속 허탕을 치는 바람에 힘이 하나도 없던 김정기의 목소리가 떨려 왔다.

"혹시 자세하게 이야기해 주실 수 있나요?"

-뭐, 자세하고 말고 할 것도 없습니다. 출산이 거의 임박해서 와 가지고 깜짝 놀랐거든요. 거기다 기존 진료 기록도 없어서 고생 좀 했습니다.

"고생이라니요?"

-애랑 산모가 거의 죽을 뻔했습니다. 긴급 수술을 해야했지요. 애가 거꾸로 서 있었습니다.

일반적으로 산모들은 태아의 상태를 주기적으로 체크한다.

그래서 아이의 상태와 산모의 상태를 전부 의사가 알고 비상 상황에 대비할 수 있다.

특히나 출산이 가능한 병원의 경우는 대부분 거기서 출산까지 할 생각으로 다니는 것이기 때문에 대부분 그 자료를 잘 보관하고 있다.

-그런데 그 환자는 아무것도 없었거든요. 보통은 초음파 같은 걸로 애가 거꾸로 서 있는 걸 확인하면 돌리는 조절 운동을 하거나 하는데 그런 것도 안 한 건지. 어찌 되었건 그때 오밤중에 갑자기 긴급 제왕절개수술을 했었지요. 요즘은 그런 일이 흔치 않아서요. 그것도 기억에 남는데, 나중에 시키면 남자가 나타나서 현금으로 전액 결제했다고 하더군요. 그런 경우는 진짜 드물거든요. 거기다 나중에 보니 그 남자들질이 그다지 좋지 않아 보였다는 이야기도 있었습니다.

"저기, 혹시 그러면 다른 정보가 없을까요?"

분명 의심스러운 상황이었다. 하지만 그것만으로 가서 주변을 수색하기에는 많이 부족했다.

말 그대로 의심스러운 상황일 뿐이니까.

그런데 의사는 생각지도 못한 정보를 건네줬다.

-안 그래도 저희가 그때 기록을 최대한 뒤져 봤습니다. 황화연이라는 이름으로 기재되어 있기는 합니다만, 무보험이니 거짓말일 거라 생각합니다.

다른 사건도 아니고 아동 납치 살인 사건이라고 하니 병원

쪽도 여러모로 확인해 본 모양이었다.

—그런데 등록된 차량 번호가 있더군요.

"등록된 차량 번호요?"

—네. 환자 보호자 차량으로 등록해야 주차료를 내지 않으니까요. 저희는 자동 주차 시스템으로 운영되고 있거든요.

거기다 현금 수납 기능은 없이 카드로만 결제해야 한다고 한다.

그러니 카드를 쓰지 않는 그들 입장에서는 차량 등록을 할 수밖에 없었을 것이다.

—차량 번호가 ○○가○○○○더군요.

김정기는 자신도 모르게 주먹을 불끈 쥐었다.

그동안 어디에 있는지 찾지 못했던 범인들의 대포차, 그게 드디어 발견된 것이다.

⚖️

"철저하게 꼬리 말고 다녔네요."

병원을 찾기는 했지만 그들이 어디에 있는지 추적하는 건 쉽지 않았다.

그들이 다급하게 산부인과를 찾아온 건 사실이지만 흔적을 많이 남긴 것은 아니었기 때문이다.

산모나 다른 사람들의 사진은 아예 없고 아이의 사진만 있는데, 신생아의 사진은 대부분 비슷해서 구분이 불가능하다.

병원에서는 자신들과 협력 관계에 있는 산후조리원도 추천해 줬지만 확인 결과 어디에도 그런 사람은 들어오지 않았다고 했다.

"결국 여기서 끊어지는 건가요."

쓰게 웃는 김정기.

하긴, 거의 다 온 것 같은데 마지막을 잡지 못하고 있으니 미치고 환장할 기분일 것이다.

"씁쓸하기는 한데……. 그런데 노 변호사님은 어디 가셨습니까?"

"글쎄. 화장실 갔나?"


오광훈도 어딜 갔는지 몰라서 두리번거리는 그때, 노형진은 약간의 협조를 얻어서 그 당시 산모가 누워 있던 침대를 확인하고 있었다.

다행히 마침 해당 침대가 비어 있기도 했다.

"네, 이 침대에 누워 있었어요. 하지만 이제 와서 침대를 보신다고 해도 딱히 아무것도 없을 텐데요? 저희가 얼마나 꼼꼼하게 소독하는데요. 이미 천이랑 다 갈았는데."

'하지만 나는 전혀 상관없지.'

노형진은 씩 웃으면서 천천히 침대 손잡이에 손을 올렸다.

아무리 소독하고 침대보를 갈아도, 손잡이까지 갈 수는 없을 테니까.

아나나 다를까, 노형진의 머릿속으로 그 당시 기억이 밀려들어 오기 시작했다.

침대를 붙잡고 이야기하는 누군가. 그리고 너머에는 익숙한 눈매가 보인다.


"형님, 캄사합니다."

"감사고 나발이고 빨리 나가자. 우리가 이런 데 오래 있을 상황은 아니잖아?"

"네, 형님. 그래도 아기가……."

"안다. 일단 퇴원하면 그러자는 거야, 당장 나가자는 게 아니라."

노형진은 자신이 기억을 읽고 있는 남자가 이들의 보스라는 사실을 알아차렸다.

"어찌 되었건 안전을 위해 자리를 옮겨야 할 것 같다."

"네? 하지만 공안, 아니 경찰들은 여기까지 오지도 못하는데요?"

"그렇게 방심하다가 오래 못 하는 거야. 어차피 우리가 오래 있을 상황은 아니고, 여기도 계집애 때문에 나중에 곤란해. 당장 그 계집 어쩔 거야? 쓸데없는 문제 만들지 말라고 했잖아."

"죄송합니다. 그런데 애를 알아볼 줄은……."

"일단 내가 거래하던 사람이 있으니 그년은 그쪽으로 넘기고 우리는 자리를 옮긴다. 그렇게 알고 있어."

"어디로 갑니까, 그러면?"

"일단은 어디냐면……."

노형진은 거기까지 기억을 읽어 내고는 씩 웃었다.

"빙고."

그들은 생각지도 못한 장소에서 행적을 남겼다는 점 때문인지 장소를 옮겼다.

그리고 그들의 대장으로 보이는 자의 기억에서 그들이 옮겨 갈 장소에 대한 정보를 얻을 수 있었다.

충청도의 어느 버려진 산속의 별장이었다.

누가 봐도 사람이 다니지 않는 곳이고 어째서인지 주인조차도 오지 않는 그런 곳이었다.

"여기라고? 길이 있기는 한 거야?"

소로가 있었던 흔적만 희미하게 보이는 곳. 온갖 덩굴이 잡다하게 자라서 거의 길이 안 보이는 그런 곳.

"확실히 있어. 자세하게 봐. 보여? 풀들이 짓눌려 있지? 차들이 많이 다니지는 않지만 종종 다닌다는 거야."

그런 곳이니 숨어 있어도 누구도 의심하지 않을 것이다.
입구 자체가 거의 사라진 수준이니까.

"이런 곳은 도대체 어떻게 찾았대?"

"나야 모르지."

하지만 확실한 건, 그들이 용케도 사람들이 관리하지 않는
공간을 이용해서 숨어 있다는 거다.

"일단 차는 여기다 두고 올라가지."

놈들이 어떤 상황인지 모르니 조용히 움직여야 한다는 생
각에 노형진은 다른 사람들을 데리고 걸어서 위로 올라갔고,
얼마 가지 않아서 안쪽에서 우렁찬 아기 소리가 들려왔다.

"응애응애."

"누가 있기는 있네."

제법 커다란 목소리였기에 다들 누군가 있다는 것은 어렵
지 않게 알 수 있었다.

그리고 수사관들이 그 오래된 집에 도착했을 때, 그들의
눈에 보이는 것은 낯선 차량뿐이었다.

"우리가 알지 못하는 차량인가?"

"그럴 수도 있지. 아니면 네가 잘못 아는 걸 수도 있고."

이 안에 갓난아이가 있다는 건 확실하지만 그렇다고 해서
범인도 있다고 확신할 수는 없었다.

"돌입할까?"

"곤란하지 않을까? 위험할 것 같은데."

여기에 데리고 온 사람들은 돌입을 할 만한 인원은 아니다.

물론 이들이 경찰이 아니라는 소리는 아니다.

하지만 여기가 범죄자의 아지트라면 어떤 무기가 숨겨져 있을지 알 수가 없었다.

"거기다가 진짜 범인들의 아지트라면 그것도 그것 나름대로 곤란하고."

만일 범인의 아지트고 그들이 누군가를 잡아 두고 있다면 인질극이 벌어지다가 사람이 죽을 수도 있다.

"흠."

고민하던 노형진은 문득 좋은 생각이 들었다.

"차량을 가지고 들어오는 건 어때?"

"차량? 조용히 들어오자면서?"

"아니, 그러니까 단체로 몰려드는 게 아니라 한 대 정도 가지고 오자는 거야."

노형진의 계획은 간단했다.

자신들이 차 한 대만 이끌고 안으로 들어오면서 마치 주인인 것처럼 행동하자는 것이다.

상대방이 주인이라면 사정을 설명하고 사과하면 그만이고, 범인이라면 섣불리 주인들을 공격하지는 못할 것이다.

당연히 나와서 상황을 보려고 하겠지.

"아, 그렇겠네."

일단 상황을 보려고 하는 놈들이 다짜고짜 무장을 하고 나오지는 않을 거다.

"거기다 이쪽에 건장한 사람들이 좀 있으면 아마 남자 조직원들이 밖으로 나오지 않을까?"

보통 사회집단에서 분란이 일어날 만한 문제가 생기면 남자들이 우선 나선다. 특히 여자가 아이를 데리고 있는 경우는 100% 남자가 나선다고 봐도 무방하다.

"좋은 생각이네. 그러면 경계심도 덜할 테고."

노형진의 말에 오광훈은 고개를 끄덕거렸고, 잠시 후 대기하고 있던 수사관 몇 명이 왁자지껄하게 소란을 일으키면서 차를 끌고 올라왔다.

그들은 아예 들으라는 듯 음악도 빵빵하게 틀며 올라왔다.

사실 수사관이 그런 경우는 없으니까.

아니나 다를까, 그렇게 시끄럽게 올라오자 안쪽이 약간 시끄러워지는 듯하더니 두 남자가 밖으로 나왔다.

그리고 딱 맞춰서 도착한 수사관 네 명도 차에서 내려서 짐을 내리려고 하는 척하다가 당황스럽다는 표정으로 바라보았다.

"뉘슈?"

"당신들은 누구요?"

"나 오늘 여기에서 지내기로 한 사람인데?"

"뭐?"

"아니, 당신들은 누구야? 여기 우리가 빌린 곳인데?"

"아니…… 우리도 여기 빌렸는데?"

"뭐? 무슨 소리야? 여기 비워 둔 지가 얼마나 오래됐는데."

당연히 곤혹스러워하는 범인들.

그래서인지 안쪽에 있던 다른 사람들도 우르르 나오기 시작했다.

숨은 채로 상황을 지켜보던 오광훈은 안도의 한숨을 내쉬었다.

"그냥 밀고 들어갔으면 좆 될 뻔했는데?"

안에서 추가로 나온 남자의 숫자는 넷이나 되었다.

만일 그냥 들어갔다면 개싸움을 할 뻔했다.

다행히도 그들은 소란이 벌어지자 일단 숫자로 상대방을 쫓아내기로 한 건지 우르르 몰려와서 경찰들을 위협했다.

"무슨 소리야? 우리가 먼저 빌렸는데."

"야, 빌려줬다는 소리 들었냐?"

"아니, 못 들었는데."

엉거주춤하게 말하는 경찰들.

그리고 그걸 겁먹었다고 생각한 건지 더 강하게 나오는 범인들.

'아무래도 일단 쫓아낸 후에 떠나려고 하는 모양이군.'

누군가 여기를 점거하고 있다는 사실을 알아차렸다면 당연히 경찰을 부를 테니 이들에게는 부담스러운 상황이 될 게 뻔하니까.

"빨리 안 꺼져?"

"이런 새끼들."

무려 여섯 명이나 되는 사람들이 위협하자 경찰들은 겁먹은 듯 뒤로 주춤주춤 물러났다.

"뭔가 오해가 있나 본데…….."

"오해는 무슨. 너 어디서 온 거야?"

"아니, 우리가 주인한테 빌렸다니까요."

위협하기 위해 다가오는 범인들.

다행히 그들은 단순히 위협만 할 셈인지 무기는 가지고 있지 않았다.

"움직여."

오광훈은 눈치 빠르게 사람들을 우회시켜서 건물의 입구를 막았다.

그리고 나머지 사람들이 일제히 뛰쳐나가면서 소리를 질렀다.

"꼼짝 마! 손들어! 경찰이다!"

갑작스럽게 자신들의 몇 배나 되는 사람들이 등장하자 순간 당황한 범인들은 다급하게 건물 안으로 들어가려고 했다.

하지만 이미 건물 입구는 총을 들고 있는 다른 경찰들이 지키고 있었고, 일부는 빠르게 건물 안으로 진입하고 있었다.

"꼼짝 마! 경찰이다!"

"응애!"

"아아악!"

안에서 여자와 아이의 비명소리와 울음소리가 들리자 나와 있던 남자 한 명이 얼굴이 사색이 되어서 뛰어 들어가려고 했지만, 그가 뛰려고 하는 순간 오광훈이 허공에 대고 공포탄을 발사했다.

"한 발자국만 더 움직여 봐. 다음에는 대가리에 구멍 난다. 다음 칸은 실탄이야."

움찔하는 남자.

그리고 곧 안에서 한 여자가 아이를 안고 밖으로 나왔다.

"다른 사람은?"

"없습니다. 이게 답니다."

"다행이군."

노형진의 예상대로 이곳에는 적지 않은 사람들이 있었다.

만약 그들을 잡기 위해 내부에 강제 돌입했다면 개판이 됐을 것이다.

"왜…… 왜 이러는 겁니까?"

"우리가 뭘 잘못했다고."

"너희들, 인신매매 전문 조직이잖아."

"무슨 소리입니까? 우리는 그런 적이 없어요."

억울하다는 듯 거짓말하면서 항변하는 그들.

아까 전 위협하던 때와는 전혀 다른 모습이었다.

"웃기지 마. 우리가 다 알고 왔어."

"아니, 오해가 있나 본데 우리는 그런 사람들이 아니라니까요."

"진짜예요."

"웃기네."

오광훈은 비웃음을 날렸지만 애석하게도 이번만큼은 그들의 말이 어느 정도 맞았다.

노형진은 오광훈을 데리고 구석에 가서 작게 이야기했다.

"당장 여기에 잡혀 있는 사람이 없으면 그럴 수도 있지."

"뭐? 그건 뭔 소리야?"

"긴급체포는 스물네 시간뿐이야."

납치의 증거를 그 시간 안에 확보하지 못하면 풀어 줘야 한다.

"그러면 당연히 도망가겠지."

"증거가 없다고?"

"증거가 없지. 현재는 말이야."

물론 여기에 납치된 사람이 있었다면 바로 증거로 엮을 수 있겠지만, 저들이 저렇게 당당하게 말할 수 있다는 것은 지금 납치된 사람이 없다는 거다.

"거기다 저놈들은 다른 범인들과 다르게 금전을 목적으로 납치를 벌이던 놈들이라고."

연쇄살인범이라면 트로피를 가지고 있거나 할 가능성이

높지만 저놈들은 공급책, 즉 잡아서 넘겨주는 놈들이다.

자신들의 이득을 위해 하는 일일 뿐이니 감정적 충족을 위해 트로피 같은 걸 챙길 이유는 없다.

"이런. 그러면 어쩌지?"

"일단은…… 잠깐 기다려 봐."

노형진은 오광훈에게 기다리라고 말하고는 억울하다고 외치는 범인 중 한 명에게 다가갔다.

"안녕하세요. 노형진 변호사입니다."

"변호사?"

"네, 법무 법인 새론에서 나왔습니다."

노형진이 그의 손을 잡으면서 말하자 남자는 살짝 당황한 듯싶었다.

물론 잡혀가면 변호사를 부르기야 하겠지만 체포 현장에 경찰과 변호사가 동석하는 것은 예상하지 못한 일이니까.

"그런데 변호사가 왜 온 겁니까?"

"그냥 저희가 사건을 하나 담당해서 동행한 겁니다."

노형진은 그렇게 말하면서 남자의 손을 꽉 잡았다.

그리고 갑자기 훅 치고 들어갔다.

"그런데 여기에 계신 분들이 전부인가요?"

"네, 이게 답니다."

'웃기고 있네.'

그 순간 그의 생각이 흘러들어 오는 걸 느낀 노형진은 씩 하고 웃었다.

"알겠습니다."

노형진은 더 이상 묻지 않고 뒤로 물러났다.

그리고 다시 오광훈에게 다가갔다.

"일단 저놈들을 데리고 경찰서로 가는 게 좋겠다. 여기는 정리하고."

"그러기는 해야지."

"아니, 서둘러. 가능하면 흔적도 지우고."

"왜?"

"우리가 아는 대포차가 여기에 없잖아. 그게 무슨 소리겠어?"

"아! 다른 놈들이 더 있다?"

"맞아. 여기를 수사한다고 경찰이 깔려 있으면 놈들이 튀어 버릴 거야."

물론 그건 노형진이 끼워 맞춘 사실이다. 내면으로는 다른 생각을 하고 있었다.

'세 명이 더 있단 말이지?'

그리고 공교롭게도 그 세 사람은 납치를 하기 위해 여기를 떠나 있는 상황이었다.

"서둘러야겠네."

오광훈은 빠르게 그들을 이끌고 하산했다.

얼마 후에 노형진의 말대로 별 이상함을 느끼지 못한 남자 셋이 천천히 산을 올랐다.

당연하게도 노형진은 그들을 안심시키기 위해 작은 속임수를 준비해 놨다.

─응애응애.

"아, 저 애새끼. 진짜 매일같이 울어 대네. 대장, 그냥 쫓아내죠. 인원이 부족한 것도 아닌데."

"헛소리하지 마. 그랬다가 꼰지르면?"

"그건……."

"그리고 지금 애들 납치할 만한 건 쟤들밖에 없는 거 몰라? 우리가 납치하면 시선 끈다고."

"그런데 그 새끼들은 왜 자꾸 애들을 보내 달래요?"

"그건 알아서 뭐 하게?"

대장으로 보이는 남자는 시큰둥하게 말했다.

자신들은 사람을 팔아서 돈을 버는 것일 뿐 그들의 미래까지 걱정해 줄 이유는 어디에도 없다.

"하긴, 그런데 그러다가 안 사면 어쩌죠?"

"어쩌긴. 적당히 팔 건 팔아야지. 애새끼는 그래도 제법 비싸게 팔리잖아?"

힐끔 아이의 울음소리가 들리는 방 쪽을 돌아보는 대장.

그는 귀찮은 듯 말했다.

"빨리 내려."

"네, 형님."

그들은 대포차의 문을 열고는 그 안에서 기절한 듯 잠들어 있는 남자 하나를 끌어냈다.

"아이구, 무겁다."

"시끄럽고, 빨리 내려. 상품 상하지 않게 조심하고."

"네, 형님."

그들은 자연스럽게 남자를 들고 안으로 들어가려고 했다.

"이상한데?"

그러다가 문득 한 명이 멈칫했다.

"왜요?"

"왜 아무도 안 나오지?"

돌아오면 우르르 나와서 인사를 건네는 게 보통이었는데 말이다.

"뭐, 애새끼가 우니까 못 들었나 보죠."

"그런가? 얘들아, 나 왔다!"

그는 애써 소리를 지르면서 안으로 들어갔다.

그러자 안쪽에서 부하의 말대로 누군가 나오는 소리가 들렸다.

그러나······.

"어?"

나온 사람들은 온통 낯선 이들뿐이었다.

그리고 제일 앞에 선 남자······.

그의 손에는 수갑이 들려 있었다.

사내는 얼어붙었다.

오광훈은 손에 들린 수갑을 흔들었다.

그러자 그의 손에서 수갑이 짤랑거리면서 맑은 소리를 냈다.

최소한 대장이라 불리는 사내에게는 그렇게 들렸다.

"기다리고 있었습니다, 대장. 아주 오래 기다렸다우."

"이런 씨팔!"

당장 몸을 돌려서 도망가려고 하는 세 사람.

하지만 이미 입구는 다른 곳에 숨어 있던 경찰이 막고 있었다.

"우리, 할 이야기가 많을 것 같은데."

김정기는 이를 뿌드득 갈면서 그들을 노려보았다.

보이지 않는다고 없는 게 아니다

"하, 돌겠네요, 진짜. 이걸…… 후우……."

김정기는 기가 막혀서 말이 안 나왔다.

제대로 털기 시작하자 인신매매 집단이 한국에 얼마나 광범위하게 퍼져 있는지 드러났기 때문이다.

인신매매 집단은 사람을 잡아다가 노예로 파는 걸 주업으로 삼았고, 그들에게 사람을 사는 놈들은 전국에 퍼져 있었다.

"이 정도면 못 잡았다기보다는 안 잡은 쪽에 가깝겠네."

전국 팔도에 그들과 거래하던 놈들만 서른 명이 넘었고, 그들이 납치해서 팔아넘긴 사람들의 숫자는 이백 명이 넘었다.

그마저도 입을 연 중국인 부부가 증언한 게 그 수준이다.

그들은 자신들의 죄가 있기 때문에 입을 꾸욱 다물고 있었기에 죄를 입증하는 게 쉽지 않았지만 그 당시에 녹음해 둔 파일, 즉 때가 되면 중국인 부부를 팔아 버린다는 녹음 파일에 그들이 화가 나서 먼저 배신한 것이다.

물론 단순히 화가 나서 그런 것만은 아니다. 오광훈이 노형진의 조언대로 협박 아닌 협박을 했으니까.

"아이 얼굴은 잘 봐 두세요. 영원히 못 볼 테니까."

"네? 아니, 그게 무슨 말입니까! 우리 애를 왜 못 봐요!"

"당연한 거 아닙니까? 당신들이 저지른 죄가 있는데요?"

아동 납치.

살인은 그들이 하지 않았다고 해도, 아동 납치만으로도 용서받지 못할 죄다. 당연히 그들에게는 법정 최고형이 선고될 거다.

"그러면 당신들 아이는 누가 키워 주겠습니까? 당연히 고아원으로 들어가겠지요."

그 아이는 고아원에서 자라야 하니 당연히 부모와는 단절될 수밖에 없다.

"입양도 힘들 테고요."

부모가 범죄자인 경우 입양은 거의 이루어지지 않는다.

특히나 강력 범죄의 경우는 사실상 불가능하다고 봐도 무방하다.

그럴 수밖에 없는 게 강력 범죄의 경우는 범죄자가 사이코패스인 경우가 많은데, 그런 사이코패스는 유전되는 성향이 강하기 때문이다.

"그러니까 당신들이 감옥에 있는 동안 아이는 성인이 되겠지요. 문제는, 당신 아이가 성인이 되고 나면 한국을 떠나야 한다는 거고."

"뭐…… 뭐라고요?"

"당신 아이는 중국인이거든. 당연히 한국을 떠나서 중국으로 가야지."

중국과 한국은 동일하게 속인주의를 채택하고 있다.

즉, 부모 중 한 명이라도 자국민이면 아이는 자국민이 되는 것이다.

그런데 아이의 부모는 둘 다 조선족, 즉 중국 국적자들이다. 그 말은 아이의 국적도 중국이라는 소리다.

"성인이 되면 아마 바로 중국으로 추방되지 않을까 싶은데?"

미성년자라면 법에서 어느 정도 유예를 준다. 그래서 한국에서 학업을 마칠 수 있게 도와준다.

"한국에서 살다가 성인이 되자마자 중국으로 쫓겨난 애가 과연 어떤 삶을 살게 될까?"

오광훈은 이죽거리며 말했다.

한국에 있는 보육원에서 자랐으니 중국어 한마디 하지 못할 테고, 그런 상태에서 중국으로 추방되면 당연히 어디서 일을 하기는커녕 생존도 힘들 것이다.

"아마 중국으로 넘어가면 근시일 내에 자살하지 않을까 싶습니다만?"

사실 그게 틀린 말은 아니다.

한국에서 평생 나고 자랐는데 갑자기 너는 중국인이라며 중국에 버려 버리면 멘탈 나가는 건 확정이다.

"설사 아니라고 해도 말이지요……."

느긋하게 말하는 오광훈.

협박을 할 때 언성을 높이는 것은 도리어 역효과다. 이쪽이 우위에 있다는 것을 확실하게 알려 줘야 한다.

"설사 그걸 어려서부터 알고 대비한다고 해도, 인생이 개판 날 건 마찬가지일 것 같은데."

자신이 중국인이고 언젠가 중국으로 추방되리라는 걸 아는 아이가 과연 어떤 생각을 하면서 자랄까?

자신의 부모님이 흉악 범죄자라는 것을 알면서 과연 올바르게 자랄 수 있을까?

한국에서 뭘 하든 결국 아무 의미 없는데?

"아아아……."

두 남녀는 절망적으로 고개를 숙였다.

오광훈의 말대로 자신들이 감옥에 있는 사이에 아이는 죽을 가능성이 아주 크다.

"물론 방법이 없는 건 아니지."

오광훈은 슬쩍 그들을 보면서 말했다.

"말씀해 주세요, 제발."

매달리는 두 사람을 보면서 오광훈은 저절로 욕지거리가 나왔다.

'이런 놈들이라도 자식에 대한 애정은 있다 이건가?'

남의 자식은 납치해서 죽도록 한 놈들이 자기 자식한테는 저렇게 매달린다.

"한국 국적 따게 해 줄 수 있지."

"네?"

"물론 협조한다는 조건하에."

"하지만 그러면……."

"어차피 당신들은 다시는 자식 얼굴 못 봐. 내가 아까 경고한 게 농담 같아?"

납치 건수가 한두 건이 아니다.

당연히 최고 형량인 25년이 나올 게 뻔하다.

그리고 감옥에서 나오는 순간, 그들은 바로 중국으로 추방될 것이다.

"아이는 열아홉 살이 되면 중국으로 추방될 테고 말이야."

"……."

물론 이후 자살하지는 않는다고 해도, 과연 연쇄 납치범이었던 부모를 만나서 가족을 만들 생각이 있을까?

절대 아니다.

오광훈이 말한, 다시 못 본다는 말은 협박이 아니라 사실의 고지였다.

"다만 아이가 한국 국적을 따면 추방은 면할 수 있지."

"추……방은 면할 수 있다고요?"

"그래. 물론 고아로 살겠지만, 그래도 최소한 아무것도 모르고 기댈 사람도 없는 중국으로 추방되어서 자살하지는 않을 거 아냐? 거기 가면 말도 안 통할 텐데."

"……."

오광훈의 말에 두 사람의 눈동자가 흔들렸다.

남의 자식이야 어찌 되든 상관없지만 자기 자식은 귀했다.

"증언을 해 주고 죄를 입증하는 걸 도와주면 최대한 선처해 주지. 그리고 그 아이가 한국 국적을 딸 수 있게 해 주도록 하지. 어때?"

오광훈은 씩 웃었다.

그리고 두 사람은 결국 오광훈의 말대로 하기로 했다.

그래서 그들은 그동안 자신들이 저지른 모든 범죄와 자신들이 본 모든 범죄, 그리고 거래했던 인간들과 그들이 돈을 감춰 둔 장소와 장부가 있는 장소까지 모두 경찰에게 이실직고했다.

납치범들이 입을 꾹 다물고 아무런 말도 하고 있지 않아서 수사가 지지부진했던 경찰은 환호를 내질렀다.

그리고 그 안에서 비참함도 나왔다.

인신매매한 사람들을 팔아넘기는 구매자들의 신상도 털리

고 그들에게 중개하던 중개자 놈들도 털렸는데, 그 숫자가 수백에 달했기 때문이다.

더군다나 가장 큰 문제는 그런 일이 벌어지는 장소에서 경찰들이 알고도 모른 척하고 있었다는 증거가 연신 터져 나오기 시작한 것이었다.

그 때문에 경찰은 좋아하면서도 동시에 슬퍼해야만 했다.

"그나저나 한국 국적은 어떻게 주겠다는 거야? 거짓말한 건 아니지?"

오광훈은 서류를 가져다주면서 노형진에게 물었다.

현 상황에서 아이가 한국 국적을 따는 것은 불가능하니까.

"아, 뭐, 방법이 있지. 줘 봐. 그게 아동 납치 관련 자료야?"

"어, 이게 그거야. 아동 납치 건은 대장 놈이 혼자 갔다던데?"

"쓰읍…… 곤란하네. 입 닥치고 있던데."

"고문을 할 수도 없고. 그나저나 말 좀 해 봐. 도대체 그 연놈들 자식한테 어떻게 한국 국적을 주려고?"

노형진은 오광훈의 말에 어깨를 으쓱했다.

"입양시켜야지."

"입양이 될 리가 없잖아? 그거 네가 말해 준 거거든."

"물론 일반적이라면 입양이 안 되지. 하지만 돈을 주면 입양할 놈은 있어."

노형진의 말에 오광훈은 고개를 갸웃했다.

"돈 준다고 해서 키워 줄 사람이 있을까?"

"물론 돈 준다고 해서 키우지는 않을 거야. 부모가 양쪽 다 강력 범죄 사범이라고 하면 절대 안 키우지."

"그러니까."

"하지만 입양은 출생과는 다르니까."

"뭔 소리야?"

"입양은 법적인 관계야. 즉, 파양이 가능하다는 거지."

잔인하지만 그게 현실이다.

실제로 노형진이 처리한 사건 중에서 아파트 당첨 가산점을 얻을 목적으로 아이를 입양한 후에 아파트에 당첨되자 파양한 사건도 있다.

"그러니까 입양 후에 파양하도록 하면 상황이 달라지지."

입양된 아이는 어찌 되었건 한국 국적을 취득하게 되고, 설사 파양된다고 해도 국적이 상실되는 것은 아니다.

"너 이런 말 들어 봤어? 한국 여자들이 가장 선호하는 재혼 국제결혼 대상은 베트남 사람이다."

"아니, 뭔 개소리야? 한국 여자들이 왜 베트남 남자랑 재혼을 해?"

"말장난이야."

물론 가장 많이 재혼하는 대상은 한국인이다.

하지만 국제결혼을 기준으로 볼 때 2순위는 황당하게도 베트남 사람이다.

미국이나 유럽, 일본도 아니고 뜬금없이 왜 베트남 사람일까?

"속임수 결혼이 많아서 이런 결과가 나오는 거야."

"속임수 결혼?"

"그래. 한국인과 결혼한 외국인은 자연스럽게 한국 국적을 받거든."

그리고 그 국적은 이혼한다고 해서 사라지는 게 아니다.

실제로 국적을 얻기 위한 이런 위장 결혼은 한국뿐만 아니라 잘사는 나라에서는 흔하게 벌어지는 일이다.

그래서 그런 나라들은 어떻게 해서든 위장 결혼을 걸러 내기 위해 많은 노력을 한다.

한국 같은 경우도 한국어 시험을 본다거나 과거의 기록을 조사한다거나 하는 식으로 많은 조사를 해서 결혼이 제대로 인정되어야 국적을 부여한다.

"그럼에도 불구하고 그런 속임수는 막는 데 한계가 있지."

그리고 그렇게 이혼한다고 해서 여자의 국적이 상실되는 건 아니다.

그러면 그녀는 그 국적을 가지고 베트남에 있던 내연남과 결혼하는 것이다.

그런 경우 법적으로 한국 여성과 결혼한 게 맞기 때문에 베트남 남자도 상대적으로 쉽게 국적을 딸 수 있다.

"이번 경우도 마찬가지야."

입양 이후에 파양해도 아이의 국적은 이미 한국으로 바뀐 후다. 노형진이 생각한 방법은 바로 그거였다.

"그건 살짝 불법인 것 같은데."

"응. 살짝 불법이기는 한데……."

노형진은 긴 한숨을 내쉬었다.

"진짜로 애가 죽게 냅 둘 수는 없잖아? 그리고 지금 목숨이 걸려 있는 애가 저 애만 있는 것도 아니고."

"하긴, 그게 문제이기는 하네."

중국으로 가면 자살하게 될 두 범인의 자식?

솔직히 애만 봐서는 불쌍하지만 한편으로는 굳이 도와줘야 하는 건가 하는 생각도 든다.

아주 복잡한 감정이다.

"하지만 그들의 뒤에는 다른 살인범이 있잖아."

최소 열두 명 이상의 아이를 죽인 아동 연쇄살인범들.

그놈들을 놔둘 수는 없다.

"빠르게 잡아야 하니까."

그래서 노형진은 좀 손해를 보더라도 일단 미끼를 던진 것이다.

김소라의 말처럼 그들도 자기 자식은 귀할 테니까.

"그리고 그나마 둘 다 사이코패스는 아니라는 게 다행인 거지."

"하긴, 중국이 후천적 소시오패스를 키워 내기에는 최고의 나라지."

알 것 같다는 듯 고개를 끄덕거리는 오광훈.

자세한 검사를 한 건 아니지만 프로파일러들은 그들의 행동을 보고 그들이 선천적 사이코패스보다는 후천적인 소시오패스에 가깝다고 판단했다.

실제로 그런 후천적 소시오패스들은 남의 감정이나 고통에 대해 신경 쓰지 않는다.

"선천적 사이코패스였다면 그런 조건도 절대로 걸지 않지."

"뭐, 일단 그래도 정보를 건넸으니까 답은 어느 정도 나온 건데."

문제는 정작 아이를 건네준 놈은 그 대장이라는 작자라는 거다.

그놈도 아이를 납치해서 건네주는 게 상당히 위험한 짓이라는 걸 알고 있었다.

"대장 놈이 입을 열까?"

"절대 안 열걸."

아이를 납치해서 건네주는 것은 인신매매의 영역으로, 최고 형량이 25년이다.

"하지만 입을 열어서, 아이들이 죽을 줄 빤히 알고도 넘긴 걸 인정하면 그때는 인신매매가 아니라 아동 납치 살인의 공범이 되는 거니까."

그때는 정말로 사형을 피할 수 없게 된다.

그러니 살아생전 세상으로 나오기 위해서라도 절대 입을

열지 않을 것이다.

"25년이라고 해 봐야 나올 때쯤이면 육십 정도밖에 안 되니까."

그리고 예순 살 정도면 그래도 아예 세상을 모르는 나이는 아닐 것이다.

"씨팔 새끼. 이럴 때마다 내가 차라리 군사정권 시절로 회귀했으면 싶다니까."

그 말에 노형진은 살짝 움찔했다.

"뜬금없이 웬 회귀?"

"아니, 그 새끼들 잡아다가 고문 좀 하고 싶어서."

"뭐, 요즘도 고문할 새끼들은 다 하잖아."

"그러니까. 그런데 나는 못 하잖아, 유명해져서."

"하긴, 그건 그렇지."

노형진은 고개를 끄덕거렸다.

고문이 없다? 애석하게도 그건 헛된 이상일 뿐이다.

고문은 이번 사건과 마찬가지로 할 놈들은 다 한다.

정치적 목적이 들어가면 언론에서 입 닥치고 물고 빨아 주기 때문이다.

그 예로, 언론에서 자랑스럽게 말하는 밤샘 조사도 엄밀하게 말하면 고문의 영역이다.

정작 이런 흉악 범죄자들은 재우지도 않고 조사하면 당장 변호사들이 게거품을 물면서 달려든다.

즉, 현대에 고문을 당하는 사람들은 힘이 없거나 변호사의 보호를 받지 못하는 사람들이라는 뜻이다.

"그래도 한 가지는 확실하지."

"그래, 그 범인 새끼가 겁나 부르주아인 거."

오광훈은 고개를 끄덕거렸다.

이야기에 따르면 그렇게 아이를 납치해서 건네주는 조건으로 받은 돈이 무려 1억 원.

성인을 납치해서 노예로 팔아먹을 때 보통 받는 돈이 3천만 원이라고 하니 터무니없이 큰돈이다.

"진짜 고문할 수도 없고."

오광훈은 진심으로 아쉬운 모양이었다.

"아마 때려죽여도 입은 안 열걸."

"그러면 어쩐다."

"흠…… 방법이라고 하면…….."

노형진은 고민하다가 씩 하고 웃었다.

"날짜는 있지?"

"대충 알지. 그건 왜?"

"왜긴. 그놈들, 차 끌고 다녔잖아? 내비를 이용했겠지."

"내비 없던데?"

"그러면 핸드폰을 이용했겠지. 안 그래? 그놈들이 모든 길을 다 아는 건 아닐 거 아냐?"

"아! 그렇겠네."

요즘은 스마트폰을 이용한 무료 내비게이션도 잘되어 있다.

그리고 그들은 전국에 걸쳐 활동하던 놈들이었다.

그러니 낯선 곳에 가려고 할 경우 방법은 두 가지다.

직접 지도를 확인해 가면서 동선을 따든가, 아니면 내비게이션을 이용하든가.

"그런데 그놈들 차량에서 지도 봤어?"

"아니, 못 봤지……. 그렇겠네."

이미 그놈들의 핸드폰은 모두 압수되어 있다.

즉, 검찰에서 핸드폰을 분석하는 게 불법은 아니라는 거다.

"입을 다문다고 해서 모든 게 사라지는 건 아니지."

노형진은 담당하게 말했다.

"우리는 언제 아이가 넘어갔는지 알아. 그리고 핸드폰의 이용 내역을 조사하면 언제 어디로 움직였는지 알 수 있지."

즉, 그 지역에 아동 살해범이 있을 가능성이 아주 크다는 소리였다.

"대부분의 사건은 답이 없는 게 아니야. 답을 찾으려고 노력하지 않는 거지."

그리고 답은 이미 나와 있었다.

⚖️

핸드폰을 조사한 결과 그가 간 장소는 어렵지 않게 알 수 있었다.

그가 향한 곳은 의외로 수도권이었다.

정확하게는 수도권 근처 도로변에서 좀 들어간 공터였다.

들어갈 이유도 없고, 공유지라 딱히 주인도 없는 공간.

그리고 국가 소유라 누구도 관리하지 않는 그런 공간.

의외로 이런 곳은 흔하고 사람들은 잘 들어오지 않는다.

기업도 없고 건물도 없는 데다가 산이 아니라서 나물 같은 게 나오는 것도 아니고 임산업을 할 만한 땅도 아닌, 말 그대로 버려진 공터.

넓은 공간이다 보니 도심이라면 애들이라도 놀겠지만 도로에서 한참을 들어가서야 나타나는 공터라면 누구의 관심도 받지 못한다.

"누구도 여기서 뭔가를 하는 걸 추적하진 못할 테고 말이지."

노형진은 주변을 스윽 보면서 말했다.

"지형 참 지랄맞네."

진짜 모르는 사람은 찾아올 수가 없는 위치.

이런 곳에 자리 잡고 범죄를 저질렀으니 누가 알았겠는가?

"여기서 범인들에게 아이를 넘겨줬을 거란 말이지."

오광훈은 땅을 보면서 말했다. 그리고 입술을 슬쩍 올렸다.

"운 좋네."

"왜, 뭐가 있어?"

"타이어 자국이야."

"타이어?"

"그래. 관리되는 곳은 아니잖아?"

흙으로 이루어진 땅바닥에는 타이어가 지나간 흔적이 그대로 말라붙어 있었다.

"주변에 다른 차량이 들어올 이유 같은 건 안 보이니까."

노형진은 몸을 일으켜서 주변을 둘러봤다.

이곳에 있는 타이어의 패턴은 두 가지.

한 가지는 눈에 익은 패턴이었다.

바로, 범인들이 타고 다니던 차량의 패턴.

"그러면 남은 하나가 그놈들 타이어일 텐데⋯⋯."

김정기는 기대하는 얼굴로 다른 타이어 자국을 자세하게 살피려고 했다.

그러나 김정기는 곧 눈을 찡그리며 투덜거려야 했다.

"너무 흐릿한데요. 오래돼서 그런가?"

아주 흐릿하게 남아 있는 타이어 자국.

그걸 본 김정기는 살짝 아쉽다는 얼굴이 되었다.

사실 말이 타이어 자국이지 거의 눌린 흔적일 뿐이었다.

"흠⋯⋯."

노형진은 그걸 보다가 고개를 갸웃했다.

"오래돼서 그런 것 같지는 않습니다만. 그런 거라면 납치범들의 타이어 자국도 사라졌어야죠."

"그러네요. 그런데 왜 이렇게 흐릿한 거죠?"

노형진은 그 타이어 자국을 보다가 뭔가 깨달은 듯 자신들이 타고 온 차량으로 가서 타이어의 폭을 손뼘재기로 확인하고는 다시 돌아왔다.

그리고 흔적이 흐릿한 타이어 자국과 비교했다.

"넓어요. 확실히."

"광폭 타이어인가?"

광폭 타이어는 일반 타이어보다 넓은 타이어를 의미한다.

더 크고 더 무겁고 접지력이 뛰어나서 제동에 유리하지만 연비가 좋지 않고 결정적으로 승차감이 안 좋아져서 일반인들은 잘 쓰지 않는 그런 타이어다.

"그런데 이건…… 그것보다 더 넓은 느낌인 것 같기도 하고. 무슨 타이어인지 모르겠네. 국과수를 불러야 할 것 같은데요."

국과수에는 한국에서 생산 중인 모든 타이어의 디자인과 비교할 데이터가 있으니, 이런 거의 뭉개지다시피 한 디자인과도 비교할 수 있을지도 몰랐다.

"글쎄요. 굳이 그럴 이유는 없지 싶은데요. 이거 뭔지 알 것 같아요."

"이게 뭔지 알 것 같다고요?"

"네."

노형진은 고개를 끄덕거렸다.

"이거 슬릭 타이어입니다."

"슬릭?"

"슬릭 타이어가 뭡니까?"

낯선 단어에 오광훈도 김정기도 어리둥절한 얼굴로 물었다.

"정확하게는 세미슬릭 타이어입니다. 이걸 한국에서 보게 될 줄은 몰랐는데."

노형진이 이걸 본 건 회귀 전이었다.

어떤 사건을 맡으면서 본 건데, 그 당시 사건 현장이 자동차경주를 하던 곳이었기에 정확하게 기억하고 있었다.

"슬릭 타이어는 쉽게 말해서 경주용 타이어입니다."

오로지 랩타임만을 위해 극단적으로 만들어진 타이어다.

당연히 위험한 자동차경주 중에 사용하는 타이어이다 보니 접지력을 최우선으로 한다.

그래야 빨리 치고 나가고, 브레이크에 빨리 반응하니까.

"그런 슬릭 타이어의 특징은 표면이 반들반들하다는 거죠."

일반적으로 타이어라고 하면 생각하는 특유의 문양 같은 게 없이 그냥 반들반들한 슬릭 타이어는, 그 덕분에 접지 구역이 넓어서 빠르게 가속과 감속이 가능하지만 대신에 비가 오면 제대로 미끄러지기에 일반 공도에서는 쓸 수가 없다.

"한국은 그런 슬릭 타이어에 대한 제한이 없지만 다른 나라는 슬릭 타이어를 이용한 공도 주행은 불법으로 규정하고 있습니다."

"넌 별걸 다 안다?"

"뭐, 일하다 보면 별의별 걸 다 알게 되더라."

"그런데 이게 세미슬릭이라면서? 차이가 뭔데?"

"세미슬릭은 쉽게 말해서 공도 겸용이야."

"네? 공도 겸용요?"

"네. 모든 사람이 프로로 활동하는 건 아니니까요."

의외로 아마추어 레이서들의 숫자는 많다. 그런데 여기서 문제가 발생한다.

레이스를 할 때 유리한 건 무조건 슬릭 타이어다.

문제는 그 슬릭 타이어를 가지고 다니면서 갈아 끼우는 일이 아주 복잡하다는 거다.

"전문 레이서가 아니니까."

평소에는 일반적인 타이어로 공도를 다니다가 레이싱 시합을 할 때만 슬릭 타이어로 갈아 끼우는 건 생각보다 번거롭고 귀찮은 일이다.

더군다나 이런 레이싱용 차량들은 필연적으로 체구가 작을 수밖에 없다.

스피드를 겨루는 경주에 대형 SUV 같은 걸 타고 나오는 놈은 드물다. 그런 경우는 아예 그쪽으로만 시합을 구성한다.

"그래서 대부분은 각 회사에서 나오는 승용차나 힘이 좋은 스포츠카 계열이 시합용으로 사용됩니다."

터보 차량들이 그런 용도로 나오는 차들이다.

"그런 차들은 공간이 좀 협소하죠."

그러니까 늘 차량 내부에 교체용 타이어들을 가지고 다니는 것이 얼마나 힘들겠는가?

공간도 많이 차지하고 말이다.

"그럴 때 쓰는 게 바로 이 세미슬릭입니다."

세미슬릭은 공도 운용도, 시합에서의 운용도 가능하다.

물론 양쪽 모두 완벽하게 대체할 수는 없지만 그래도 어느 정도는 커버가 가능하다.

"비싸겠네."

"비싸지."

이런 타이어가 공도 성능 50%, 레이싱 성능 50%로 나올 수는 없다.

그러면 어느 쪽도 기준 미달의 성능이 되어 버린다.

당연히 양쪽 다 못해도 90% 이상의 성능은 나와야 한다.

그렇다 보니 그 가격이 비쌀 수밖에 없다.

"그런데 우리가 노리는 범인들은 부자라면서?"

"하긴, 그렇지."

돈 걱정 없이 펑펑 쓸 수 있는 놈들이라면? 세미슬릭 타이어를 쓰는 것도 어려운 일은 아닐 것이다.

"그리고 그게 의미하는 건 하나뿐이지요."

"취미가 레이싱이다 이거군요."

"맞습니다."

노형진은 고개를 끄덕거렸다.

애초에 세미슬릭 타이어는 비싸기만 하고, 레이싱이 목표가 아니라면 쓸 이유가 전혀 없는 타이어다.

"그리고 공교롭게도 이 근처에는 레이싱장이 하나 있지요."

노형진은 핸드폰으로 검색해서 나온 결과를 두 사람에게 내밀었다.

"김소라 씨가 했던 말, 기억하죠?"

범인은 익숙한 곳에서 활동한다.

김소라가 해 준 말이다.

"납치범들이야 전문적인 범죄 집단이다 보니 나름 머리를 쓴 거지만."

이놈들도 그럴까? 아니다.

이놈들에게는 일반적인 연쇄살인범들의 프로파일을 적용해도 된다.

"익숙한 공간이라……."

만일 이 근처에 있는 레이싱장에 다닌다면 이곳은 익숙한 공간이다. 당연히 범인의 영역에 들어갈 수 있다.

"더군다나 레이싱 공간이라는 게 아무래도 일반적인 살인 사건과 관련이 있는 곳은 아니니까."

즉, 자신들을 의심할 거라고 생각하지는 않을 거다.

"아무래도 생각보다 아주 가까이 다가온 것 같군요."

노형진은 눈을 반짝거렸다.

⚖

레이싱장은 철저하게 관리된다.

레이싱장이라고 해서 대충 만들어 두고 그냥 달리라고 하는 곳은 없다.

그럴 수밖에 없는 게, 레이싱이라는 것 자체가 상당히 위험한 스포츠이기 때문이다.

만일 관리 소홀로 인해 사고가 발생하면 그 피해도 피해지만 배상 문제도 복잡해진다.

그래서 전국에 레이싱장은 그다지 많지 않다.

그리고 때마침 근처에 있는 레이싱장.

우연일 리가 없다.

오광훈은 바로 노형진과 함께 해당 레이싱장으로 향했다.

"음…… 이 날짜에 레이싱 하신 분들요?"

"네."

"음, 그다지 통일성이 없는데요, 제각각이라."

기록을 확인한 관리자의 말에 오광훈은 뭔가 놓친 건가 하는 얼굴이 되었다.

그때 노형진은 뭘 놓친 건지 바로 알아차렸다.

"그 전날이나 전전날은 어떤가요?"

"그 전날?"

"그렇잖아. 시합이 있기 전에 애를 데리고 가지는 않을 거 아니야?"

"아! 그렇겠네."

아마도 거래는 시합이 끝난 이후에 이루어졌을 가능성이 크다.

"더군다나 시합 끝난 후에는 모여서 뭐라도 먹으면서 밤새 도록 놀 수도 있고."

그래서 그 주변 날짜로 가능성을 확인한 것이다.

그제야 드디어 원하던 정보가 나왔다.

"아, 이거 그 당시에 동일한 점이라고 하면…… 태자클럽 분들이네요."

"태자클럽? 그건 또 뭐야?"

"어디서 들어 본 것 같기도 하고."

오광훈은 '또 뭔 폭력 조직이냐?'라는 듯한 얼굴이었고, 김 정기는 '어디서 들어 본 것 같은데.'라는 얼굴로 기억을 더듬 는 듯했다.

하지만 노형진은 듣는 순간 바로 알아들었다.

"태자당 같은 놈들인가 보네."

"태자당?"

"태자당요? 아, 맞네. 태자클럽이 아니라 태자당이었군요.

그런데 그게 뭡니까?”

“쉽게 말해서 중국의 권력 핵심층의 자제들을 의미합니다. 사실상 중국의 귀족 계층이죠.”

중국은 귀족이 없다고 주장하지만 그건 어디까지나 그들의 주장일 뿐이고, 실제로는 이미 공산당이 귀족 계층이 된 상황이다.

그리고 태자당은 그 공산당에서도 유력자의 자녀들을 의미하는 말이다.

“그런 놈들이 정당까지 만들어?”

“정식 정당은 아니야. 중국은 일당독재라고. 다른 정당을 만들면 당장 모가지가 날아갈걸.”

“그러면?”

“태자당은 그런 놈들의 일종의 인맥 네트워크를 의미해. 한국식 표현으로 본다면 끼리끼리 모인다, 뭐 그런 거? 한국 기준으로 본다면 당이라기보다는 파벌이라고 표현하는 게 맞을걸.”

한국도 부잣집 자녀들은 자기들끼리 뭉치려고 하는 성향이 있다.

“중국은 자기들의 힘으로 자리를 차지한 사람들을 공청단파라고 하고 부모로부터 힘을 물려받은 사람들을 태자당이라고 하지.”

“자수성가한 사람들이 견제받는 건 어딜 가나 마찬가지인가 보네."

"그건 그렇지. 기존 세력을 견제하는 힘이니까."

"그런데 태자클럽이라니……."

이상한 이름에 노형진은 왜 그럴까 잠깐 고민했다.

답은 금방 나왔다.

"한국에서 태자라는 단어는 잘 안 쓰지."

잘해 봐야 사극에서 왕의 아들을 부르는 정도?

그것도 태자는 왕권 계승이 확정된 사람을 뜻한다.

그런데 그런 낯선 단어를 이용해서 그룹 이름을 만들 가능성은 높지 않다.

"중국인들 모임 같은데."

"중국인들 모임?"

"그래, 중국인들 모임. 말했잖아, 중국에서 태자당이라는 건 권력을 승계할 핵심 인물들이라고."

그리고 거기에 착안해 '태자'를 차용했을 가능성이 크다.

"아니, 왜요? 태자당이면 태자당이지 뭘 따로 클럽이라고 부릅니까?"

김정기의 말에 노형진은 피식 웃었다.

"자기들도 뒈지기는 싫을 테니까요."

"네?"

"태자당이라는 이름은 중국 권력의 핵심을 뜻합니다. 그 이름을 섣불리 썼다가 무슨 욕을 먹으려고요? 아니, 욕먹는 걸로 끝나면 그나마 다행인 거죠."

중국의 권력자들은 한두 명이 아니다.

중국 땅은 엄청나게 넓고 각 지역에는 그곳을 쥐고 흔드는 중세로 치면 영주 같은 사람들이 있고, 그 아래에서 또 권력을 흔드는 사람들이 있다.

그 지역에서는 그들의 말 한마디에 사람 목숨이 왔다 갔다 한다.

"하지만 그처럼 지역을 꽉 잡고 있는 사람들조차도 자신들의 자녀를 태자당에 넣고 싶어 합니다."

단순히 한 지역에서 권력이 세다고 태자당이 되는 게 아니다.

말 그대로 중국 중심에서 권력을 쥐고 흔들어야 태자당의 자격이 생긴다.

그것도 중국 중앙 권력의 핵심 내부에서만 쓸 수 있는 호칭 같은 거다.

"그런데 여기는 한국이지요. 그들이 여기까지 와서 유학하는 건 아니겠지만요."

태자당 출신이 유학을 가는 곳은 미국이지 한국이 아니다.

"그 아래 급들이 한국에 유학을 많이 올 겁니다."

"아, 뭔지 알겠네. 그 아파트 이름을 이상하게 바꿔 달라고 하는 거랑 똑같은 거구나."

"예시가 참 저렴하기는 한데, 맞아."

아파트 이름을 바꿔 달라고 주장하는 것은 얼마 전 있었던 인터넷 뉴스였다.

특정 지역의 아파트는 아무래도 가격이 높아질 수밖에 없다. 특히 사람들이 선호하는 지역에 있는 아파트는 당연히 비싸진다.

그것까지는 좋은데, 그 지역에 있지도 않은 모 아파트에서 헛짓거리를 한 게 인터넷 뉴스로 떴다.

가령 서울의 잠실은 한국에서 가장 비싼 동네인데 잠실이 아닌 지역의 아파트에서 뜬금없이 표결을 통해 자기들의 이름을 잠실 ○○ 아파트로 바꿔 버렸다.

그 동네는 잠실도, 심지어 잠실 옆 동네도 아니었다.

그런데 뜬금없이 잠실이라는 이름으로 아파트명을 바꿔 버린 것이다.

이유는 황당하게도 자기들 아파트 가격을 올리고 싶어서.

하지만 그런다고 해서 갑자기 동네가 잠실로 바뀔 리가 없으니 뻘짓을 한 거다.

하지만 때때로 사람은 뭔가를 탐낼 때 그걸 따라 하곤 한다.

"이번도 그런 걸 거야."

하지만 대놓고 태자당이라고 하자니 왠지 켕기고, 또 중국의 진짜 태자당이 그 사실을 알게 될 경우 무슨 해코지를 할지 모르니 차마 태자당이라고는 하지 못하고 태자클럽이라고 한 게 빤히 보였다.

"고작 그걸 가지고?"

"한국에서나 고작 그거지, 중국에서 태자당이라고 말하고 다니면 모가지가 날아갈걸."

"그런가?"

"그래. 하여간 태자클럽이라는 이름을 보니까 중국인 같은데."

노형진은 힐끔 관리자를 바라보았다.

그러자 그 시선을 받은 관리관은 정색했다.

"자세한 명단은 영장을 가지고 오셔야 보여 드릴 수 있습니다."

"에이, 좀 편하게 가 주시면…….."

"아이, 안 된다니까요. 레이싱이 얼마나 비싼 취미인데."

"하아…… 하긴, 그렇지요. 네, 알겠습니다. 영장 가지고 오지요."

비싼 취미라서 공개를 못 한다는 게 아니다.

그런 취미를 즐길 정도의 사람들이라면 돈 있고 권력이 있는 집안이라는 거다.

그런 경우는 그걸 보여 줬다고 물고 늘어지면 직원의 모가지가 날아가는 건 일도 아니니까.

"금방 가지고 오겠습니다."

오광훈은 자신 있게 말했고, 실제로 영장은 거의 번개처럼 나왔다. 사건 자체가 워낙 중한 상황이니까.

그리고 영장을 내밀자마자 직원은 바로 프로그램을 열어서 자세한 명단을 보여 줬다.

"역시나 예상대로네."

제출된 명단은 중국인 명단이었다.

평균 인원은 스무 명 정도.

들쭉날쭉하기는 하지만 평균 스무 명에서 스물다섯 명 정도가 아마추어 레이싱을 즐기는 듯했다.

"흠…… 이 사람들이 다 범인은 아닐 테고."

문제는 이들 중 누가 범인인지 알 수가 없다는 거다.

"다른 건 없나요?"

"없죠. 다른 건 저희가 안 해 주니까. 다른 게 궁금하시다면 엔지니어들한테 물어보는 게 좋을걸요."

"엔지니어요?"

"네. 차량 정비를 해 주는 사람들요."

"아!"

이런 시합을 하는 사람들이 정비까지 잘하지는 못한다.

그리고 타이어를 갈아야 하는 경우 그걸 일일이 직접 하는 건 전문성이 떨어진다.

그래서 이런 레이싱 코스는 상주 직원을 두고 그들이 서비스를 지원할 수 있게 해 주고 있었다.

"혹시 지금 상담이 가능할까요?"

"뭐, 상주 직원이니까요. 피트 쪽으로 내려가면 대화 가능하실 겁니다. 제가 연락드리지요."

설명을 들은 오광훈은 서둘러서 피트 쪽으로 향했다.

그리고 그곳에서 정비 팀을 만나서 자세한 이야기를 들을
수 있었다.

"흠…… 태자클럽요?"

"네. 그 사람들에 대해서 아시는 거 있습니까?"

"그다지요. 저희 쪽이랑 이야기도 잘 하지 않으려고 하고요."

어깨를 으쓱하며 말하는 치프.

그러자 팀장은 별거 아니라는 듯 말했다.

"사실 대부분의 레이서들이 딱히 저희랑 이야기는 안 합니
다. 머신에 문제가 생긴다면 모를까."

"머신?"

"아, 저희는 차량을 머신이라고 불러서요. 하여간 그다지
접점은 없어요."

하긴, 차량에 문제가 생기지 않는다면 만날 일이 없는 사람
들이니까 그리 관심을 가지지 않는 게 이상한 일은 아니다.

"그러면 태자클럽에 대해 조금이라도 기억하시는 건요?
아, 그 뭐라고 그랬지?"

"세미슬릭 타이어."

"맞다, 세미슬릭 타이어. 그거 쓰는 놈이 있습니까?"

오광훈은 혹시나 하는 기대감을 가지고 물었다.

쉽게 특정할 수 있다면 도움이 될 테니까.

하지만 팀장의 말에 아쉬움을 곱씹을 수밖에 없었다.

"태자클럽은 다 세미슬릭 씁니다. 그놈들은 돈이 많아서요."

"아, 그래요?"

"네. 아마 거기 가입 조건이 중국인이어야 하고 필수 튜닝 조건이 세미슬릭일걸요."

"끄응……."

그러면 최소 스물다섯 명 이상의 용의자가 생긴다는 소리였다.

노형진은 머리를 긁적거렸다.

'하긴, 이해가 가기는 하는데……'

아주 작은 차이도 큰 시간 차를 만들어 낼 수 있는 게 레이싱이다.

그러니 그들도 최대한 공정한 게임을 만들기 위해 나름의 규칙을 세우는 건 당연했다.

그리고 세미슬릭이 아마 그 조건일 것이다.

"돈이 좀 많은 게 아닐걸요."

"그렇게 돈이 많다고요?"

김정기는 고개를 갸웃했다.

물론 세미슬릭이 비싸다는 소리를 노형진에게 듣기는 했다. 하지만 그 수준이 어느 정도인지는 그다지 와닿지 않았다.

"아, 세미슬릭이 80만 원쯤 하거든요."

"네 짝에 80만 원요? 비싸긴 하네."

"무슨 소리입니까? 한 개에 80만 원입니다만."

"네?"

오광훈과 김정기는 입을 쩍 벌렸다.

한 개에 80만 원이라니.

"어쩔 수가 없죠. 애초에 세미슬릭 자체가 소비량이 많은 대량생산 타이어가 아니거든요."

현대의 물품은 많이 생산할수록 가격이 낮아지는 구조다.

그런데 슬릭이나 세미슬릭 같은 경우는 애초에 생산량이 그다지 많지 않다.

"더군다나 그 타이어는 오래 쓰지도 못해요. 수명이 엄청나게 짧습니다."

"수명이 짧다고요?"

"네. 슬릭이나 세미슬릭은 경주용이니까요."

일단 레이싱을 하는 것 자체가 엄청나게 마모가 심한 데다가 약간의 마모가 시간 저하와 생명과 연관되니까.

가령 브레이크를 밟았는데 마모가 있어서 0.1초 정도 더 미끄러진다면 0.01초 단위로 치고 나가는 레이싱 세계에서는 목숨이 왔다 갔다 하는 문제다.

"그래서 슬릭이나 세미슬릭은 한 번 주행하면 버린다고 봐야 합니다."

"헐."

"그마저도 아마추어니까 그런 거죠. 그 F1 같은 데서 보면 막 그런 장면 있지 않습니까? 피트인 해서 안에서 번개같이 타이어 갈고 출발하는 거."

그런 게 단순히 멋지라고 그렇게 할 리가 없다.

그들은 시합 주행 중에 마모된 타이어로 인한 조금의 불이익도 없애려고 그 난리를 피우는 것이다.

"이놈들도 뭐 그 정도는 아니지만 세미슬릭은 거의 올 때마다 바꾸더라고요."

어깨를 으쓱하는 치프.

"확실합니까?"

"확실하죠. 그런 대량의 타이어를 종량제 봉투에 담아서 버릴 수는 없잖습니까?"

그러니 당연히 여기서 교체하고 버리고 간다는 게 치프의 말이었다.

"못해도 2주에 한 번은 오니까요."

"생각보다 부자네."

세미슬릭 한 개에 80만 원이니까, 네 개면 320만 원.

그러니 2주에 한 번씩 온다면 타이어값만으로 한 달에 640만 원을 날린다는 뜻이다.

"거기다 애초에 들어가는 기름 자체도 다르고요. 차량 튜닝은 완전히 다르죠. 터보 달고 이것저것 달고."

단순히 고급 휘발유를 쓰는 게 아니다. 경주용의 하이 옥

탄 휘발유를 쓴다.

하이 옥탄 휘발유는 폭발력이 강해서 엔진의 힘을 더 강하게 낼 수 있다.

"물론 그만큼 엔진에 부담되니까 정비 자체를 자주 할 수밖에 없고요. 그리고 자동차 검사도 해야 하니까."

"자동차 검사?"

"자주 하지 않습니까, 자동차 검사."

한국에서는 주기적으로 자동차 검사를 해서 승인이 나야 도로 주행 허가가 난다.

당연하게도 규칙에서 하나라도 탈락하면 주행 허가가 나지 않는다.

"그러면?"

"당연히 주행 허가를 받을 때 다 뜯었다가 다시 달아야지요. 이런 레이싱 경주에서 쓰는 차량의 공도 주행이 허가될 리가 없으니까요."

매번 수천만 원의 돈이 들어갈 수밖에 없다는 소리다.

"흠…… 태자클럽이라는 이름도 그렇고 하는 짓거리도 그렇고, 역시 돈 많은 중국인 집단이네."

"그런 것 같네. 아니, 중국에 있지 왜 여기로 온 거야?"

오광훈은 눈을 찡그리면서 투덜거렸다.

"한국은 돈이 전부거든."

"중국은 아닌가?"

"아니, 중국은 아니지. 물론 절대적이지만, 전부는 아니야. 기본적으로 중국은 공산주의라고. 그리고 공산주의와 자본주의는 반대고. 얼마 전의 마스크 공장 사건 몰라?"

"아…… 그렇겠네."

중국 정부에서 마스크 공장들과 방역물품 공장들을 갑자기 국유화 선언을 하고는 물건을 빼앗아 갔던 사건.

자본주의국가라면 절대 있을 수 없는 일이다.

"중국은 기본적으로 독재국가야. 아무리 자본주의를 받아들였다고 해도 그걸 부정할 수는 없지. 심지어 외국 자본에도 그 지경인데 자국 자본은 어떻겠어?"

아무리 돈이 많고 권력이 강해도 권력자가 반동이라고 말한마디만 하면 그날로 그는 죽은 목숨이다.

당연히 매년 어마어마한 돈을 상납해야 한다.

안 낸다? 그러면 죽는 거다.

"그러니까 그 돈이 아깝잖아. 그러면 그 돈을 어디다 빼돌려 두겠어?"

"한국이라 이건가?"

"가장 안전하거든."

미국? 미국은 중국과 사이가 안 좋다.

미국에서 빡쳐서 중국 자금을 동결해 버리면 전 재산을 날리는 거다.

일본? 이미 지는 해다.

그리고 과거에 일본은 국내 예금을 강제로 **빼앗아서** 마음 대로 사용한 전력이 있다.

그래서 일본인들조차도 은행을 믿지 못하고 집에다가 돈을 보관하는 문화가 강하다.

노형진이 그걸 노리고 한국에 돈을 보관하는 은행을 만들어서 어마어마한 돈을 가지고 오지 않았던가?

아무리 일본 정부라고 해도 한국에 보관된 돈을 달라고는 할 수 없으니까.

동남아? 동남아 국가들은 힘이 약하다.

당연히 중국이 눈을 살짝 찡그리면서 '돈 내놔.'라고 하면 저항도 못 하고 상납하게 된다.

물론 그 과정에서 그 돈을 감춘 자신도 죽을 거다.

"하지만 한국은 아니지."

중국과 손절 칠 정도로 사이가 안 좋은 건 아니지만 그렇다고 자료를 쪼르르 중국에 가져다 바칠 만큼 약한 나라도 아니다.

그리고 기본적으로 자본주의국가라 돈의 힘이 강력하다.

더군다나 치안도 안정되어 있다.

동남아 국가들은 돈으로 갑질하다가 찍히면 진짜 어디서 쥐도 새도 모르게 모가지가 따일 가능성이 크지만 한국은 절대 그럴 일이 없다.

욕하고 지랄을 해도 법의 테두리 안에서 보호를 받는데,

한국의 법은 철저하게 가진 자 위주니까.

"그리고 한국의 법원은 상당히 정치적인 집단이거든."

"그게 무슨 소리야?"

"어떤 문제가 생겼을 때 상대방이 중국인이고 돈이 있잖아? 그러면 어지간해서는 무죄를 선고할 가능성이 아주 크다."

특히 중국에서 거물이라면 말이다.

물론 죄가 확실한 경우라면 불가능하지만, 약간 애매한 경우 한국의 법원은 외교적 문제에 신경 쓰느라고 무죄를 선고할 가능성이 아주 크다.

"사람들이 잘 몰라서 그렇지 한국은 중국인이 살기에 생각보다 좋은 나라야."

물론 중국인에 대한 차별이 없다고는 못 한다.

분명 그건 존재한다.

하지만 중국인이 많은 동네에 가서 차별을 한다? 그건 대놓고 나 좀 죽여 달라고 하는 꼴이다.

"중국인들의 경우는 모여서 사는 경향이 강하니까."

그 안에서 자신들의 권력을 쌓아서 그 지역을 지배할 수 있으면서도 동시에 한국의 법을 이용해서 보호받을 수 있기 때문이다.

그리고 어떤 면에서는 한국인들보다 우위에서 군림할 수도 있다.

"안 그렇습니까, 형사님?"

김정기는 고개를 끄덕거렸다.

"하긴, 틀린 말은 아닙니다."

중국인들로 인한 강력 범죄의 비율은 하루가 멀다 하고 높아지고 있는데 한국 정부는 필사적으로 그 사실을 모른 척하고 있다.

중국 사람들의 입국 조건을 강화하면 필연적으로 근로자가 부족해지고 인건비가 상승해서 자신들에게 뇌물을 줄 기업들이 힘들어진다는 이유에서였다.

"오죽하면 국회의원이라는 놈이 인구 절벽의 해법으로 중국인을 받으면 된다는 소리까지 하겠어?"

국민이란 단순히 노동자가 아니다. 말 그대로 국가의 근간이다.

그런데 그 국회의원은 출산율이 낮아져 국민이 줄면 중국인을 받아서 채우면 그만이라고 말했다.

그의 머릿속에서는 '국민=노예'라고 공식화되어 있으니 누구로든 채우기만 하면 그만이라고 생각한 것이다.

문제는 그런 국회의원들이 어마어마하게 많다는 것.

"그리고 똥이 있는 곳에는 필연적으로 파리가 꼬이는 법이지."

"파리?"

"이 정도로 돈을 쓰는 사람이라면 정치권에서도 손쓸 수 있다는 소리야."

한 지역에서 누가 조금 성공해서 이름 좀 떨치면 가장 먼저 찾아오는 게 정치인들이다. 그리고 넌지시 정치자금을 요구한다.

그걸 거절한다? 그다음 날부터 세무조사부터 온갖 악질적인 방법으로 괴롭힌다.

"그러면 이 새끼들을 어쩌라는 거야? 이대로 놔둘 수는 없잖아."

"그게 문제야."

노형진은 고민할 수밖에 없었다.

'기존의 경찰을 생각하면…….'

아마 의심 사항을 알게 되는 순간 바로 그놈들 귀로 들어갈 테고, 그대로 중국으로 도주할 가능성이 아주 크다.

그리고 중국에서는 절대로 그들을 보내 주지 않을 것이다.

'아마 중국에서 떵떵거리면서 잘살겠지.'

그러니 어떻게 해서든 법원의 영장 청구 없이 추적해야 한다.

"엿 같네, 진짜."

문제는 그게 현행범을 체포하는 것 말고는 방법이 없다는 거다.

조직의 보스 놈이 입을 열어 준다면야 깔끔하게 정리되겠지만 애석하게도 그건 불가능하다.

"음…… 그러면 말이야."

그런데 이번에도 오광훈이 갑자기 생각지도 못한 해결책을 제시했다.

　"소개시켜 준 놈을 족치는 건 어때?"

　"소개? 무슨 소개?"

　노형진이 갸웃하면서 오광훈에게 물었다.

　이건 생각도 못 한 말이었으니까.

　"아니, 나도 중국 범죄자 놈들이랑 어느 정도 알고 지냈잖아. 뭐, 너도 알겠지만……."

　말을 흐리지만 그 내용은 안다. 그가 범죄자였던 시절을 말하는 거다.

　하긴, 요즘 한국에서 중국인 범죄자들과 무관하게 운영되는 조폭은 없다고 봐도 무방할 테니까.

　"하여간 네가 말한 대로 그 새끼들은 끼리끼리 뭉쳐서 살거든."

　"그래서?"

　"그런데 그 보스 새끼, 한국 놈 아냐?"

　"응? 아!"

　그랬다.

　보스는 분명 한국인이다. 그리고 그런 그가 범인들에게 아이를 공급했다.

　그런데 그 둘은 서로 어떻게 알게 되었을까?

　범인들이 납치범들에게 다가가서 공급해 달라고 했을까?

그럴 리가.

그러면 납치범이 그걸 공급해 주겠다고 먼저 나섰을까?

그들이 아동 살해범이라는 걸 어떻게 알고 접근하겠는가? 누군가 다리가 있지 않은 이상에야 그건 불가능하다.

"그 다리를 족치면 되지 싶은데……."

"하지만 그 다리가 누군지를 모르지 않습니까?"

김정기는 부정적으로 말했다.

그 사건과 관련해서 체포된 놈들이 한두 명이 아니다. 당연히 그중에 누가 다리 역할을 했는지는 알 수가 없었다.

"아니, 생각보다 쉽게 알 수 있을 것 같은데요."

"어떻게요?"

"주소가 있지 않습니까?"

"주소요? 누구 주소요?"

"태자클럽 놈들요. 그들이 지방에 살지는 않을 거 아닙니까?"

돈이 있고 방탕한 그들이 시골의 조용한 삶을 추구할까?

당연히 그들은 서울에서 방탕한 삶을 살려고 할 것이다. 클럽도 다니고 여자도 꼬시고.

"보다시피 태자클럽의 멤버들은 전원 서울에, 그것도 아주 핵심 지역에 살고 있습니다."

이곳에는 그들의 주소가 있다.

"그리고 방금 오광훈 검사가 말했지만, 그놈들은 끼리끼리 뭉칩니다. 소개해 준 놈이 한국인이었을 것 같지는 않군요.”

“아하!”

즉, 서울에 기반을 둔 중국인 공급업자라는 조건만 충족하면 되는 것이다.

“그리고 그런 자들이 그렇게 많을 것 같지는 않은데요?”

그럴 수밖에 없다.

서울은 치안이 좋다. 시골은 도움을 청할 수도 없고 탈출도 못 하는 구조이지만 서울은 창문을 열고 살려 달라고 소리만 빽 지르면 다 튀어나온다.

설사 그게 아니라고 해도, 애초에 사람을 납치해서 넘기는 목적은 보통 셋 중 하나다.

노동력, 장기 매매, 아니면 성 노예.

그런데 서울에서는 노동력으로 사람을 납치해서 쓸 수가 없다. 대부분의 노동력이 사람과 접하는 업종이니까.

장기 매매? 그럴 거라면 서울이 아니라 지방에 자리 잡는 게 안전하다.

결국 남는 것은 성 노예인데, 한국에 있는 어마어마한 숫자의 성매매 업소를 생각하면 굳이 위험하게 사람을 납치해서 데리고 있을 이유가 없다.

그 때문에 서울에는 정작 중간 업자가 거의 없었다.

딱 한 명만 빼고.

그리고 그 한 명은 금방 특정되었다.

"오주린. 중국인으로는 유일하게 서울 쪽에서 활동하는 중개상입니다. 주로 술집에 여자를 공급했습니다."

김정기는 자료를 가지고 와서 건네주면서 말했다.

"술집? 이해가 안 가는데. 서울에는 그런 술집이 엄청나게 많아서 인신매매가 거의 효과가 없다면서?"

오광훈은 고개를 갸웃했다.

하지만 그건 어디까지나 상대적인 문제다.

"그래, 보통은 그렇지. 하지만 대상이 한국인이라는 가정 하에 그런 조건이 성립되지."

"뭐가 한국인 대상이야? 한국인은 착해서 그렇다는 거야?"

"아니, 그게 아니라, 대부분의 그런 술집들은 한국인, 그것도 어느 정도 재력이 있는 사람들을 대상으로 하는 거야. 요즘 술집 가격이 얼만지는 알아?"

"아…… 음, 수준마다 다르겠지?"

"그래도 최소 30만 원은 넘지."

최소 1인당 30만 원이고 비싼 곳은 시간당 200만 원에서 300만 원까지 한다.

아예 술을 안 팔고 성매매만 하는 곳이라 해도 못해도 20만 원 이상은 하는 게 현실이다.

"그런데 너도 알다시피 그 돈을 하룻밤 만에 쓸 수 있는 사람이 흔하겠냐?"

"아!"

당연히 흔하지 않다.

사실 한국에서도 그 정도 돈을 술집에서 말 그대로 뿌려 댈 수 있는 사람들은 극소수다.

"더군다나 아무리 성매매를 한다고 하지만 그런 사람들이라고 꺼리는 게 없는 건 아니거든. 중국 사람들이 잘 안 씻는 건 알지?"

"아, 하긴, 유명하기는 하지."

중국 사람들은 씻는 게 건강을 해치는 행위라고 믿고 있다.

"그런 사람들을 손님으로 받고 싶어 하는 사람은 많지 않을걸."

더군다나 깨끗한 한국 손님들이 없는 것도 아닌데 말이다.

"하긴. 그리고 중국 애들은 노는 게 좀…… 더럽지."

오광훈은 자신이 범죄자였던 시절을 생각하면서 눈을 찡그렸다.

"맞습니다. 그래서 공급 대상은 주로 중국 거리에 있는 술집입니다."

중국 거리 쪽에 있는 업자들은 신고를 두려워하지 않는다.

바로 옆에서 사람이 죽어 가도 신경 끄는 게 중국의 전통 (?)이고, 그 거리 주변 거주자들이 다 중국인들이라 절대로 신고하지 않기 때문이다.

오죽하면 술에 취한 사람이 바닥에 엎어져서 고인 물에 얼굴을 박았는데도 지나가는 사람이나 근처 가게 주인이 그 모습을 구경하기만 해서, 멀쩡한 사람이 깊이가 5센티미터도 안 되는 길바닥의 물에 빠져 익사하는 게 중국이다.

"더군다나 손님도 대부분 중국인일 테니까."

그들에게 도와 달라고 해 봐야 그 이야기는 당연히 업자에게 들어갈 테고, 남는 것은 보복뿐이다.

그렇다 보니 중국인들이 점령한 동네는 사실상 대한민국의 행정력이 관여하지 못하는 도심지 내의 섬이나 마찬가지가 된다.

"하긴, 그건 알 것 같네."

이미 한번 관련 사건을 해결해 본 적이 있는 오광훈은 고개를 끄덕거렸다.

내부에서 살인 사건이 발생해도 경찰이 섣불리 들어가지 못하는 게 그 동네다.

"그러니 거기는 구조해 줄 수가 없지. 모르니까."

"실제로 이번 사건 이후에 경찰 특공대가 그 술집에 들어갔습니다."

안전을 위해 총기로 무장하고 들이닥친 술집에는 족히 마흔 명은 되는 여자들이 잡혀 있고 방마다 손님들이 가득했다고 한다.

"지하를 개조해서 방을 만들어 여자들을 감금해 놨더군요."

서울 한복판에서 그렇게 인신매매가 이루어지고 있다는 걸 몰랐던 경찰들은 깜짝 놀랐다고 한다.

　　심지어 거기는 분식집으로 등록되어 있었다.

　　"어찌 되었건 오주린이 돈을 벌기 위해서는 인신매매가 최선의 선택이겠지."

　　돈을 벌기 위해서 온 직원이 아니라 납치한 사람들이니 돈을 주지 않아도 되고, 그만큼 가격을 낮춰서 손님을 끌 수 있다.

　　더군다나 그런 유형의 동네의 일반적인 중국인 남성의 숫자를 생각하면 손님이 없을 수는 없다.

　　아무래도 노동을 위해 한국에 온다는 특성상 중국에서 한국으로 넘어오는 많은 사람들이 남자다.

　　당연히 그들도 성욕이 있고 여자를 만나고 싶어 한다.

　　하지만 현실적으로 한국인 여성이 중국인 남성과 교제할 가능성은 높지 않다.

　　한국 역시 남자가 여자보다 더 많은 나라니까.

　　그렇다 보니 그들도 자신들의 성욕을 해소하기 위한 방법을 찾으려고 할 것이다.

　　그것도 가능하면 싸게 말이다.

　　"인간의 성욕은 생각보다 강하니까 말이야."

　　"으음……."

　　"그리고 그런 가게를 운영한다는 것 자체가 어마어마한 부자일 수밖에 없고."

남의 건물에 세를 내어 그런 가게를 운영할 놈은 없다.

리모델링을 해서 감옥까지 따로 만들고 술집으로 꾸며야 하니, 당연히 본인 소유의 건물이어야 하는 것이다.

"건설업자들이 바보도 아니고, 문을 거꾸로 달아 달라고 하는데 의심을 안 하겠어?"

안에서는 절대 열 수 없고 밖에서만 열리는 문을 달아 달라고 하는데 의심하지 않을 건설업자는 없다.

그것도 한두 개도 아니고 수십 개의 방을 말이다.

"그들이 입을 다물게 할 돈도 들어갈 거다 이거지."

노형진의 말에 오광훈은 고개를 끄덕거렸다.

"그런데 그 여자도 입을 열지 않을 것 같은데? 어차피 최고형 확정이잖아. 거기다 그 정도 납치해서 술집을 한 거라면 감형 같은 건 절대 불가능할 테고."

오광훈은 그 부분에 관해 부정적으로 생각했다.

이건 감형을 받을 수 있는 조건을 넘어선 상황이다.

아무리 제보한다고 해도 이걸 감형해 주면 사회적으로 어마어마한 혼란이 터질 수밖에 없다.

"그런데 그걸 그놈들이 알까?"

"응?"

"지금 이 사건이 엄청 크게 터졌지?"

"그렇지."

"그럼 만약 자기들을 중간에서 소개해 준 놈이 잡혀 들어갔다는 소식을 들으면 범인은 어떤 반응을 보일까?"

두 사람의 시선이 묘하게 변했다.

확실히 생각해 보지 못한 부분이었다.

"언론은 언제나 관심을 갈구하지."

노형진은 씩 웃었다.

"그리고 중국인에 의한 인신매매 성 노예 사건이라고 하면 충분히 관심을 가질 만한 사건 아니겠어?"

얼마 후 언론에는 새로운 사건이 보도되었다.

바로 중국인들의 인신매매 사건.

안 그래도 코델로 인해 중국인들에 대한 불만이 터져 나오는 상황에서 중국인들에 의해 벌어진 인신매매 사건은 무서운 속도로 퍼져 나갔다.

－서울에 위치한 모 중국인 술집에서 한국 여성을 집단으로 납치, 성 노예로 쓰고 있었다는 사실이 밝혀졌습니다. 경찰은 해당 업체에서 사십여 명의 한국 여성을 구하는 데 성공했습니다. 경찰의 발표에 따르면 해당 업체는 중국인들에게 성매매를 시킬 목적으로 얼마 전 발각된 인신매매 조직으로부터 지속적으로 납치를 요청하고 여성을 구매하여 중국인 대상으로 저가의 성매매를 강요해 왔다고 합

니다. 증언에 따르면 그곳에서 일하다가 사라진 사람까지 합하면 예순 명 이상의 여성이 해당 업체에 있었던 것으로……

노형진의 말대로 해당 뉴스가 보도되자 사람들은 분노했다.

-당장 중국인들 다 추방해라.
-코델에 이어 인신매매라. 환장하겠네.
-경찰 병신 아냐? 이 정도로 납치해 댔는데 지금까지 모르고 있었다는 게 말이 됨?
-경찰이 경찰 했네.
-K-경찰 수준 어디 안 가지?

사전에 차단하지 못한 경찰에게 어마어마한 욕이 쏟아졌지만 김정기는 신경 쓰지 않았다.

어차피 욕먹는 건 자신이 아니라 윗대가리니까.

도리어 그는 다른 문제로 신경이 예민한 상태였다.

"김 경사님, 떴습니다!"

광수대에서 커피를 마시며 쉬던 김정기에게 한 경찰이 다급하게 달려오며 외쳤다.

"떴어?"

김정기는 소리를 버럭 지르면서 마시던 커피를 원샷을 해 버렸다.

"아뜨뜨."

"야, 그러다 입천장 다 까진다."

"그게 문제야, 지금? 떴다잖아!"

그가 이렇게 흥분하는 이유는 간단했다.

노형진이 소개해 준 업자가 잡혔다는 소식이 들어가면 범인은 도주할 거라 말했기 때문이다.

그리고 그들은 중국인이다.

당연히 중국으로 도주할 테고, 그러기 위해서는 비행기표를 사야 한다.

출국 금지를 시키는 건 힘들지만 출국을 위해 표를 사는 경우 정부에서 통제하도록 하는 건 어려운 일이 아니다.

더군다나 구속영장 같은 것과 다르게 그런 건 내부적으로 충분히 처리할 수 있다.

"두 사람이라고 합니다. 메이우라는 놈하고 위란이라는 여자입니다. 그리고 두 사람은 부부인 걸로 드러났습니다."

"여자?"

여자라는 말에 김정기는 살짝 얼어붙었다가 곧 고개를 흔들었다.

여자라고 살인을 저지르지 말라는 법은 없다.

더군다나 김소라가 말하지 않았던가? 알려지지 않았을 뿐 생각보다 부부 살인마는 흔하다고.

"둘 다 태자클럽 소속이야?"

"메이우가 태자클럽 소속입니다. 위란은 태자클럽에 속한 건 아니고요. 아니, 정확하게는 레이싱장에 이름이 올라가 있지 않았다는 게 맞겠네요."

"하긴, 그렇겠지."

그들은 스스로 태자클럽이라고 주장하고 다니지만 정작 경찰에는 레이싱장의 명단이 있을 뿐, 그들의 명단은 없다.

"그런데 확실해? 같이 나가는 거 맞아?"

"맞습니다. 메이우라는 놈의 신용카드로 결제되었습니다."

"출국 날짜가 언제야?"

"내일 새벽 비행기입니다."

"어지간히 똥줄 탄 모양인데? 혹시 등급이 어떻게 돼?"

"이코노미인데요. 그게 뭐 문제가 되나요?"

"되지. 아주 중요하지."

보통 출국을 그렇게 급하게 하는 경우는 없다.

그리고 돈이 있는 놈들은 시간이 걸리더라도 최소한 비즈니스급 이상을 타려고 한다.

그런데 좁고 불편한 이코노미를 급하게 구했다? 그건 가능하면 빨리 한국에서 벗어나고 싶어 한다는 소리다.

"그런데 어떻게 이놈들을 잡지?"

문제는 이거다.

이놈들이 한국을 떠나려고 하는 걸 막을 증거가 없다.

살인범이라는 여러 가지 의심스러운 정황은 있지만 그들에게 아이를 넘겼다는 증언이 있는 것도 아니고, 사망한 아이들에게서 유전적 증거나 다른 증거가 나온 것도 없다.

증인도 없고, 관련자들은 묵비권을 행사하고 있다.

"일단…… 해결책이 있다고 연락을 달라고는 했는데……."

김정기는 고민하는 표정으로 전화기를 들었다.

그리고 바로 노형진에게 전화를 걸었다.

ㅡ아, 김 형사님. 어쩐 일이세요?

"저기, 의심스러운 놈들이 나타나서 전화드렸습니다."

ㅡ누군가 비행기표를 구했군요.

"메이우와 위란이라는 자들입니다. 부부이고요."

ㅡ그런가요?

"그런데 내일 출국한다는데, 막으실 수 있는 겁니까?"

ㅡ네, 그건 걱정하지 마시고요. 그놈들 주소 아십니까?

"네, 주소야 뭐, 신분만 알면 금방 나옵니다만."

ㅡ그러면 주소랑 차량 번호 좀 알려 주세요.

"네? 차량 번호요?"

ㅡ네. 그리고 공항에서 기다리시면 잡을 수 있게 해 드리겠습니다.

김정기는 고개를 갸웃하면서도 일단 노형진에게 해당 정보를 알려 줬다.

다음 날 새벽 3시.

메이우와 위란은 이른 새벽부터 출국하기 위해 다급하게 아파트를 나섰다.

마음이 급해서 대충 짐을 싸고 온 그들은 지하 주차장에 도착하자마자 쌍욕을 퍼부어 댔다.

"이런 왕빠딴!"

메이우가 이렇게 욕하는 이유는 간단했다.

자신들의 차 앞에 어떤 차가 주차되어 있었으니까. 그것도 이중 주차로.

"어떻게 해? 지금 나가야 하는데."

"기다려. 잠깐만."

위란이 그걸 보고 안절부절못하자 메이우는 일단 차량에 붙어 있는 전화번호를 확인하려고 했다.

하지만 차량에는 전화번호 같은 건 없었다.

"이런……. 끄으응……."

혹시나 하고 힘껏 밀어 보았지만 차는 꼼짝도 하지 않았다.

분명 누군가 주차하고 사이드까지 채워 둔 게 분명했다.

"이런 왕빠딴!"

메이우는 다시 욕하면서 차를 발로 힘껏 걷어찼다.

그 바람에 차체가 움푹 들어갔지만 그런다고 해서 차가 움직일 리는 없었다.

"어떻게 해?"

누구네 집 차량인지 지금 당장 찾아볼 수도 없다.

물론 관리실에 말해 볼 수는 있겠지만 이런 새벽에 관리 사무소에서 방송을 해 줄 리가 없다.

"안 되겠다. 택시를 타고 가자."

그들은 다급하게 택시를 불렀다.

하지만 앱으로 아무리 불러도 응답하는 택시가 없었다.

사실 당연한 거다.

이런 새벽에는 근무하는 택시 운전기사들이 그다지 많지 않다. 더군다나 새벽 3시라는 시간은 이런 대형 신도시 아파트 안에 택시가 돌아다니는 때가 아니다.

이 시간에 손님이 많은 곳은 주로 유흥가이고, 그나마도 요즘 같은 코델 시국에는 많이 다니지도 않는다.

"이런 젠장……."

아무리 호출해도 나오는 택시가 없자 두 사람은 긴장해서 어쩔 줄 몰랐다.

"이러다가 비행기 놓치겠어."

사실 평소라면 비행기를 놓친다고 해도 문제 될 건 없다. 그냥 다음 비행기를 타면 된다.

하지만 마음이 급한 것도 급한 거고, 지금은 중국으로 가는 비행기 숫자가 어마어마하게 줄어들었다.

당연하다. 비행기는 손님이 타야 이익이 나는데 중국에서 한국에 들어오면 무조건 2주간 격리해야 한다.

그렇다 보니 당연히 각 항공사는 운행하는 비행기 숫자를 줄일 수밖에 없었다.

그에 반해 한국에서 중국으로 가는 사람들의 숫자는 확 늘어났다.

일단 한국 내부에서 중국에 적대적인 분위기가 형성되면서 한국에서 눈총받으며 사느니 차라리 중국으로 가겠다는 사람도 많아졌고, 결정적으로 중국인들은 중국 정부의 말만을 믿고 있기 때문이다.

한국을 비롯한 전 세계에서는 중국에서 코델이 통제되고 있다는 말을 믿지 않았지만 중국인들은 코델이 통제되고 있다는 중국 정부의 말을 확실하게 믿고 있는 데다, 도리어 한국에서 코델이 발생하기 시작하자 '한국은 민주주의국가라 중국처럼 코델을 확실하게 통제하지 못한다.'라는 황당한 소문까지 돌면서 비행기 수에 비해 출국자들이 많아져서 자리를 구하는 게 쉽지 않았다.

이들이 구한 비행기도 새벽 첫 비행기라 그나마 자리가 있는 거지 나머지는 아예 없는 수준이니까.

"제발…… 제발……."

메이우는 어떻게 해서든 택시를 잡으려고 계속 택시 예약용 앱을 돌렸지만 애석하게도 단 한 대도 잡히지 않았다.

무려 20분 가까이를 그렇게 기다렸지만 계속 허사가 되자 결국 메이우도 분노에 찰 수밖에 없었다.

"이런 망할 빵즈 놈들. 필요할 때는 없는 새끼들."

그는 이를 악물었다. 그리고 몸을 돌려서 지하 주차장으로 향했다.

"메이우! 어디 가!"

"기다려. 내가 차 가지고 올 테니까."

"뭐?"

메이우는 그렇게 말하고는 자신의 차에 올라탔다. 그리고 시동을 걸고 힘껏 액셀을 밟았다.

부아아앙!

요란한 엔진음과 더불어서 타이어에서 연기가 피어오르기 시작했다.

"뭐 하는 거야?"

다급하게 달려온 위란은 메이우를 말렸다.

"어차피 중국으로 가면 당분간은 못 올 테니까, 일단 나가고 나서 해결하자. 차 꼴 보니까 돈 있는 새끼도 아닌데, 나중에 돈 좀 쥐여 주면 돼."

"아, 그렇겠네."

메이우의 말에 위란이 차 문을 열고 짐을 올리고 옆자리에 올라탔다. 그러자 메이우는 다시 한번 액셀을 밟았다.

이윽고 조금씩 밀리는 주차된 차량.

조금 밀린 듯한 차량을, 메이우는 차를 후진시켰다가 다시 전진하면서 쾅쾅 들이받았다.

주차된 차량도 메이우의 차량도 찌그러졌지만, 메이우는 신경 쓰지 않았다. 어차피 버리고 갈 차니까.

부아아앙!

결국 주차된 차는 옆면이 완전히 박살이 난 채 밀려나 버렸다.

물론 메이우의 차 역시 전면이 박살 났지만 메이우는 전혀 신경 쓰지 않고, 그 차를 그대로 끌고 인천공항으로 향했다.

그러자 바로 건너편에 있는 차에서 어떤 사람들이 슬쩍 내렸다. 바로 노형진과 오광훈이었다.

"다 찍혔냐?"

"오케이."

사실 메이우의 차를 가로막은 차도 건너편에 주차된 차도 모두 노형진의 차였다.

물론 가로막혀 있던 차는 폐차 예정인 차지만, 그래도 대충 겉은 그럴듯하게 광택도 내서 멀쩡해 보였다.

"블랙박스에 다 찍혔을 거야."

사실 건너편에 있던 블랙박스는 충격이 아니라 상시 녹화로 설정되어 있는 상황이었다.

노형진은 그걸 꺼내서 확인하고는 바로 경찰서에서 기다

리고 있는 직원에게 메일로 발송했다.

"이제 다른 직원들도 그만 부르면 되지 않을까?"

"그러겠지."

노형진은 오광훈의 말대로 주변에서 택시를 부르고 있던 다른 직원들도 모두 그만 집으로 돌아가라고 말했다.

메이우가 택시를 못 잡은 이유는 간단했다. 이미 노형진의 직원들이 이 주변에서 계속 택시를 부르고 있었기 때문이다.

일단 택시를 부르면 앱은 우선순위에 따라 주변에 있는 택시를 불러 주는데, 여기서 수십 개의 핸드폰이 모조리 인천 공항으로 갈 택시를 부르고 있으니 안 그래도 택시가 그다지 많지 않은 이 시간에 주변에 남은 택시들은 이미 다 출발한 후였고, 그나마 다른 손님을 태우고 온 택시들도 먼저 호출한 손님들, 즉 노형진의 직원들을 데리고 가는 게 우선이라 메이우가 택시를 잡을 수 있을 리가 만무했다.

"그나저나 확실한 것 같지?"

노형진은 한쪽 면이 박살이 나다시피 한 차량을 보면서 말했다.

오광훈 역시 그걸 보고 고개를 끄덕거렸다.

"그게 아니라면 이렇게 다급하게 도망갈 이유가 없지."

아무리 짜증 난다 해도 이렇게 다급하게 자신의 차뿐만 아니라 남의 차량까지 박살 내고 도망간다는 것은 켕기는 게 있다는 소리다.

"어디 한번 우리도 슬슬 출발해 보자고."

노형진은 차에 올라타면서 말했다.

"우리의 범인들이 무슨 생각을 하는지 궁금해지는데?"

⚖️

그 시각, 인천공항에서는 김정기가 하품하는 다른 형사들과 함께 메이우를 기다리고 있었다.

"형사님, 그런데 진짜로 메이우 잡을 수 있는 거 맞아요?"

"모르겠다, 진짜 잡을 수 있을지……."

"아니, 증거도 없고 증인도 없는데 출국하는 사람을 어떻게 잡아요?"

"그러니까. 일단 가서 기다리라고 하니 기다리기는 하는데……."

그는 긴 한숨을 쉬었다.

그때 그의 핸드폰에 뭔가가 도착했다.

다급하게 내용을 확인한 김정기는 떨떠름한 얼굴이 되었다.

–메이우와 위란 출발.

"이런 씨입……."

아무것도 준비된 게 없는 상황인데 갑자기 메이우와 위란이 출발했다고 하니 더 입술이 바짝바짝 말라 왔다.

"와, 이러다 놓치는 거 아니에요?"

"그러니까."

"오광훈 검사도 이런 때에는 방법이 없을 것 같은데."

'오광훈 검사가 아니라 노형진 변호사이기는 한데.'

떨떠름하게 기다리는 그때, 이미 한 시간쯤 지나서 슬슬 방법을 찾아야 하는 바로 그때였다.

띠링.

"응?"

누군가에게서 온 문자.

그걸 확인한 김정기는 눈을 크게 떴다.

"헐? 이런 개…… 아니, 어떻게 이런 생각을 했지?"

"뭔데요?"

"이거 봐 봐. 와, 미친. 난 이런 건 생각도 못 했는데?"

도착한 톡에는 어떤 영상이 찍혀 있었다.

그건 다름 아닌 메이우가 자신의 차량으로 주차된 차량을 박살을 내면서 나오는 장면이었다.

"음…… 주차로 막으려고 하셨던 건가?"

"그런가 본데……. 이거 실패한 거잖아요, 어찌 되었건."

"그래도 시간을 엄청 잡아먹었으니까 어쩌면 비행기를 놓치지 않을까?"

"그건 그러네."

자신의 차와 남의 차 양쪽 다 박살 내면서 탈출하는 데 성공했으니 결과적으로 막는 건 실패했다고 봐야 하는 장면이었다.

"어어?"

그 순간 좀 떨어진 곳에서 출입국장을 보고 있던 형사가 갑자기 다급하게 소리를 질렀다.

"저 새끼……! 저 새끼!"

"응? 뭐야?"

"저 새끼…… 메이우!"

"이런 씨팔. 벌써 도착했다고?"

아무리 차량이 없는 새벽이라지만 벌써 도착할 줄은 몰랐다.

"어…… 저거 들어가는데……! 어어……!"

발을 동동 구르는 형사들.

차를 빼느라고 족히 50분은 걸렸기에 운이 좋으면 비행기를 놓칠 수 있을 거라 기대했는데, 얼마나 과속하고 온 건지 그놈들은 제시간에 도착해서 안으로 들어가고 있었다.

"이런 씨입……."

김정기는 그 모습을 보면서 욕이 나오는 걸 애써 참았다.

이제 더는 잡을 수 없게 되었다고 생각했으니까.

"후우……."

"경사님, 이거 글러 먹은 것 같죠?"

"그런 것 같다."

"씨팔."

다들 우울한 얼굴로 고개를 푹 숙였다.

그러는 사이 드디어 비행기의 이륙 시간이 되었고, 포기하는 분위기가 되어 갔다.

"야, 가자. 놓쳤다."

결국 김정기가 포기하고 가려고 하는 그때, 뒤에서 노형진의 목소리가 들렸다.

"아직 포기하기는 이릅니다."

"노 변호사님?"

"메이우는 아직 한국 땅에 있습니다."

"아니, 하지만 비행기 이륙 시간이 되었는데요."

비행기가 뜨면 잡을 수 없다. 그건 상식이다.

그런데 노형진은 그런 김정기의 말에 씩 하고 웃었다.

"비행기가 못 뜨게 하면 되죠."

"그게 가능할 리가 없지 않습니까?"

"그래요? 저는 가능하다고 보는데요."

"네?"

"어어어?"

그 순간 진짜 기적 같은 일이 벌어졌다.

갑자기 비행 시간표가 바뀌면서 해당 비행기의 출발이 지연된 것이다.

"어…… 어떻게?"

"뭘 어떻게 하신 겁니까? 비행기가 왜……?"

멀쩡한 비행기를 출발 지연시킨다는 건 상당히 힘든 일이다. 설사 경찰이 요청해도 잘 들어주지 않는다.

영장이 있다면 모를까, 그런 게 없다면 그냥 무시하고 출발해 버린다.

그런데 출발 지연이라니?

"무슨 마법을 부리신 겁니까?"

"마법은 지금부터입니다. 이제 슬슬 도착할 텐데."

"뭐가요?"

어리둥절한 수사관들.

그렇게 한 30분쯤 지나자 입구에서 한 사람이 헐레벌떡 달려왔다.

"박 형사? 갑자기 왜 온 거야? 오늘 내근이잖아?"

"급하게 온 겁니다. 아, 진짜 딱지값 엄청 나오겠네. 노 변호사님, 딱지값 내주시는 거 맞죠?"

"그럼요. 제가 부탁한 거 나왔습니까?"

"그럼요. 당연히 나왔지요."

히죽 웃으면서 품에서 하얀 종이를 꺼내는 박 형사.

그는 그걸 김정기에게 건네줬다.

그걸 받아 든 김정기는 얼어붙었다.

"메이우와 위란의 체포 영장?"

"네, 체포 영장입니다. 이제 당당하게 가서 두 사람을 잡아 오면 됩니다. 아직 비행기는 땅에 있으니까요."

"아니, 어떻게……?"

"궁금한 건 나중에 물어보시고요. 어서 가서 빨리 잡으세요."

다급하게 김정기는 해당 영장을 들고 항공사로 달려갔다.

항공사 데스크가 잠깐 소란스러워졌다가 직원 한 명이 그들을 데리고 입구로 향했다.

비행기가 뜬 상황도 아닌데 영장을 무시하면 범인 도피를 돕는 꼴이 될 가능성이 있기 때문에 비행사로서는 어쩔 수 없이 협조해야 했다.

잠시 후 비행기와 다시 통로가 연결되고, 경찰들이 우르르 안으로 들어갔다.

그리고 채 10분도 지나지 않아서 메이우와 위란이 경찰의 손에 끌려 나왔다.

"야, 이거 안 놔? 내 발로 간다니까!"

"중국 대사관에 항의할 거야! 더러운 손 저리 안 치워?"

"더러운 빵즈 새끼들! 내가 누군지 알아?"

"한 번만 더 나한테 손대면 성추행으로 고소할 거야!"

빽빽 소리를 지르면서 끌려가는 두 사람.

그들의 얼굴에는 당혹감이 가득했다.

설마 비행기 안에서 끌려 나올 거라고는 생각도 못 했을 테니까.

"어……."

그들을 끌고 나오던 김정기는 노형진이 있는 쪽을 바라보다가 결국 호기심을 참지 못하고 손짓으로 먼저 가서 차량에 태우라고 한 후에 노형진에게 달려왔다.

"노 변호사님, 그런데 어떻게 하신 겁니까?"

"영장 보셨잖습니까?"

"네, 보기야 봤지요. 영장 보니까 재물 손괴로 인한 체포 영장이던데."

"맞습니다. 제가 아까 영상 하나 보내 드렸지요?"

"영상? 아!"

분명 노형진이 보낸 영상에서 메이우는 자신의 차로 남의 차량을 박살 내면서 탈출했다.

단순 접촉 사고 같은 게 아니라 고의적으로 박살 낸 장면이 찍혀 있었다.

처음에는 화내다가, 택시를 부르러 갔다가 다시 돌아와서 차에 발길질하고, 나중에는 자기 차에 타서 밀어 버렸다.

"영상의 흐름을 봐서는 명백한 재물 손괴죠."

"그…… 그러네요. 그걸 노리신 겁니까?"

"네, 그걸 노린 겁니다."

차를 빼지 못해서 비행기를 놓치면 그게 최선이고, 만일 그게 안 된다면 차량을 부수고 나갈 수밖에 없도록 해 둔 거다.

실제로 메이우는 차량을 부수고 나갔고 말이다.

"그러니 누가 기다리고 있다가 영장을 받아서 가지고 오면 바로 체포할 수 있지요."

쉽게 말해서 이중 함정이었다는 거다.

다른 방법으로는 제시간에 공항으로 갈 수 있는 방법이 없으니까.

"그건 알겠는데 비행기는 어떻게 하신 겁니까?"

아무리 봐도 그게 이해가 안 갔다.

비행기 출발 지연은 흔하게 있는 일이 아니다.

더군다나 5분이나 10분도 아니고 무려 한 시간이나 지연되었다.

항공사에서 그런 부탁을 들어줄 리가 없다. 설사 노형진이 부탁한다고 해도 말이다.

애초에 경찰 부탁도 안 들어주는데 항공사가 고작 변호사의 부탁을 들어줄 리가 없다.

"아, 그거요? 제가 비행기표를 따로 예매한 게 있거든요."

"네? 예매요?"

"정확하게는 이미 판매된 표를 웃돈을 주고 구입한 거지만."

특수한 경우지만 탑승자와 항공사의 동의를 얻으면 좌석을 양도하는 게 불법은 아니다.

노형진은 그래서 한 가족의 좌석을 통째로 열 배의 가격을 주고 구입했다.

"그런데 탑승자가 오지 않았으니까요."

"그렇다고 해서 비행기를 한 시간이나 출발시키지 않는다고요?"

종종 탑승자가 늦게 오는 경우는 있지만 그럴 때는 한 30분 정도면 모를까 이렇게 한 시간씩 기다려 주지는 않는다.

노형진은 그런 김정기의 말에 씩 하고 웃었다.

"수화물을 먼저 보냈거든요."

"네? 수화물요?"

"네. 항공사마다 수화물을 보낼 수 있는 제도가 있습니다."

보통은 수화물을 끌고 가서 출국 수속을 할 때 비행기에 싣지만 미리 우편 등을 통해 보내는 것도 가능하다.

"그리고 안 탄 거죠."

"그것 때문에 비행기를 늦춘단 말입니까?"

"개인 탑승자가 안 오는 것과 수화물이 있는데 안 오는 건 전혀 다른 문제거든요."

"네?"

"제가 예약한 이름이 뭔지 아십니까? 압둘 하사이드입니다. 이슬람계 사람에게 부탁해서 좌석을 샀죠."

"그런데 그게 뭔 상관이……."

"원래 비행기는 수화물에 예민합니다."

특히 오지 않는 탑승자의 수화물에는 엄청나게 예민할 수밖에 없다.

그 이유는 테러를 막기 위해서다.

일단 수화물로 위장해서 시한폭탄 같은 걸 실을 위험을 막기 위해서다.

자살 테러하는 놈도 있지만 자기 목숨이 아깝기에 수화물로 보내서 터트리려고 하는 놈도 있다.

"그 때문에 항공법상 탑승자가 없는 수화물의 경우는 무조건 내리도록 되어 있습니다."

"무조건요?"

"네, 무조건요. 문제는 비행기의 수화물 적재 방식의 특성상, 그러기 위해서는 짐을 전부 내려야 한다는 거죠."

비행기에 짐을 실을 때는 대충 막 실어 댄다. 짐들을 잔뜩 쌓아서 보내지 가나다순이나 ABC순으로 정리하지는 않는다.

"더군다나 저는 수화물을 많이 보냈거든요."

기내에 가지고 타는 수화물은 가방 하나 정도만 가능하지만 위탁 수화물, 그러니까 비행기 창고 구역에 넣는 건 돈을 내면 추가로 실을 수 있다.

노형진은 혹시나 입구에 케이스가 쌓여서 한 번에 나올 것을 막기 위해 총 네 개의 위탁 수화물을 보냈다.

그렇게 되면 무조건 전부 찾아서 빼내야 한다.

그런데 그걸 전부 찾기 위해서는 아마도 짐 전부를 내려야 할 것이다.

그리고 그 수화물들을 제외한 나머지를 다시 싣고 가야 하니 못해도 두 시간은 잡아야 할 것이다.

"헐……."

"영장이 제시간에 도착하리라는 법은 없으니까요."

하지만 비행기를 지연시킴으로써 그게 도착할 시간을 벌어 준 것이다.

"더군다나 여러모로 의심스럽지 않습니까?"

무려 열 배나 주고 일가족의 티켓을 구매하고, 쓸데없이 수화물을 많이 보내고, 이름마저 중동계다.

그쪽 출신 중에 테러리스트가 워낙 많다 보니 이런 경우에는 무조건 기를 쓰고 해당 수화물을 찾아내려고 할 수밖에 없다.

"비행기에 폭탄이 있다는 소리 같은 건 하면 안 되니까요."

그렇게 하면 그건 범죄다. 당연히 노형진에게 엉뚱한 사람을 범죄자로 만들 생각은 조금도 없었다.

하지만 단순히 비행기에 탑승하지 않는 것은 범죄가 아니다.

약간의 민사적인 문제가 있을 수도 있지만, 보통은 회사에서 그럴듯한 이유가 있다면 넘어가는 게 일반적이다.

"그러면 그 원래 탑승자는? 아니, 그 티켓을 구입한 사람은요?"

"출발하는 와중에 갑작스러운 교통사고로 입원했습니다. 아주 우연히! 말입니다."

노형진은 씩 웃었다.

확실히 우연한 교통사고로 오지 못한다면 그걸 문제 삼을 항공사는 없다.

"허……."

김정기는 헛웃음을 지었다.

완전 마법 같았는데 이 모든 게 설계였다니.

"저는 노 변호사님이 마법이라도 부린 줄 알았습니다."

"뭐, 마법이 아니라 법을 이용한 거죠."

어깨를 으쓱하는 노형진.

"아마 마법은 지금부터 필요할 겁니다."

"어째서요?"

"저 두 사람은 절대로 입을 열지 않을 테니까요."

그 말에, 김정기는 착잡한 표정으로 두 사람이 나간 방향을 물끄러미 바라볼 수밖에 없었다.

다음 권으로 이어집니다

# One for all
## 원포올

일라잇 스포츠 장편소설

### 작렬하는 슛, 대지를 가르는 패스 한계를 모르는 도전이 시작된다!

축구 선수의 꿈을 품은 이강연
냉혹한 현실에 부딪혀 방황하던 중
운명과도 같은 소리가 귓가에 들어오는데······

당신의 재능을 발굴하겠습니다!
세계로 뻗어 나갈 최고의 축구 선수를 키우는
'One For All' 프로젝트에, 지금 바로 참가하세요!

단 한 번의 기회를 잡기 위해
피지컬 만렙, 넘치는 재능을 가진 경쟁자들과
최고의 자리를 두고 한판 승부를 벌인다!

실력만이 모든 것을 증명하는
거친 그라운드에서 당당히 살아남아라!

# 기갑천마

거짓이슬 퓨전 판타지 장편소설

## 종말을 막지 못한 절대자
## 복수의 기회를 얻다!

무림을 침략한 마수와의 운명을 건 쟁투
그 마지막 싸움에서 눈감은 무림의 천하제일인, 천휘
종말을 앞둔 중원이 아닌 새로운 세상에서 눈을 뜨는데……

"천휘든 단테든, 본좌는 본좌이니라."

이제는 백월신교의 마지막 교주가 아닌 평민 훈련병, 단테
그럼에도 오로지 마수의 숨통을 끊기 위해
절대자의 일 보를 다시금 내딛다!

에이스 기갑 파일럿 단테
마도 공학의 결정체, 나이트 프레임에 올라
마수들을 처단하고 세상을 구원하라!